KB053842

늦여름

일러두기

1. 이 책은 호리 다쓰오堀辰雄의 단편소설 「늦여름晚夏」(1940), 「X 씨의 수첩 X 氏の手帳」(1929), 「잠든 사람眠れる人」(1929), 「얼굴顏」(1933)을 우리말로 옮긴 것이다.
2. 각주는 모두 옮긴이가 넣었다.

늦여름

호리 다쓰오 단편선

안민희 옮김

晩夏

북노마드

차례

늦여름

1940

晩夏

오늘 아침 갑자기 마음이 움직여서 가루이자와軽
井沢°에서 지내는 산속 집을 잠시 떠나 노지리野尻호
수°°에 왔다.

실은 어제 오랜만에 마을에 내려간 김에 과자라
도 사서 돌아갈까 싶었는데 가게들이 대부분 장사
를 마친 상황이었다. 마을 외곽까지 가서야 아직 문
을 닫지 않은 아메리칸 베이커리를 발견하고 뛰어
들어갔지만 사고 싶은 것이 거의 없었다. 바움쿠헨
밑동 부분이 남아 있었는데 그마저도 절반밖에 없
어서 좋아하는 빵이지만 차마 손이 나가지 않았다.
그때 마을에 나오면 자주 마주치는 나이 지긋한 외
국인이 들어왔다. 이 가게의 단골인 듯 "이런이런,
과자가 다 떨어졌군요" 하고 생각보다 유창한 일본
어로 점원에게 말을 걸더니, 내가 살까 말까 고민했

○　나가노長野현에 있는 고원지대. 일본의 대표적인 피서지이자 별장지.

○○　가루이자와에서 100킬로미터 정도 떨어진 곳에 있는 천연 호수.

던 바움쿠헨을 가리키면서 "이건 쥐가 갉아 먹었나
보네요?" 하고 농담까지 했다. "그럴지도 모르겠네
요.……그래도 괜찮으시면 선생님께 선물로 드릴게
요." 주근깨가 있는 점원 아가씨가 웃으면서 대답했
다. "사실은 처치 곤란한 거였죠?" 외국인 노인의
대답이 아주 멋졌다. 이렇게 화기애애한 농담을 뒤
로하고 나는 비스킷만 포장해서 바로 가게를 나왔
다. 다시 마을 쪽으로 돌아가면서 문득 지금쯤 산
속 오두막에서 목욕물을 데우고 있을 아내의 모습
을 떠올렸다. 불현듯 적적해졌다. 이대로 이삼일 어
딘가로 잠시 여행을 떠났다가 돌아오면 이런 마음
도 가라앉을 텐데 생각하면서 마침 가게 주인이 여
름철 장사를 마무리하고 요코하마橫浜로 돌아가려
고 짐을 싸고 있던 어느 운동용품점 앞을 지나가다
가, 즈크 천으로 만든 가방을 보고 갑작스럽게 여행
을 결심했다. 거침없이 가게로 들어가서 그 가방을
샀다. 테니스 라켓용 가방이었는데, 뭐든 좋으니 잃
어버린 보스턴백 대신 여행할 때 들 생각이었다.

　그렇게 충동적으로 아내와 둘이서 여행을 온 참이

다. 처음에는 가루이자와도 조금 물리기 시작했으니 시가志賀고원, 도가쿠시戶隱산, 노지리호수 등°을 돌 수 있는 만큼 돌아보고 내년 여름을 보낼 곳을 지금부터 물색하려고 했다. 하지만 쉽게 지치는 내 체력을 고려해 일단은 가장 편한 코스인 노지리호수로 왔다. 어쩐지 외국인들이 가는 곳만 쫓아다니는 것 같아 석연치 않은 마음도 들지만, 그들이 찾아내는 곳에는 놓치기 아까운 재미가 있었다. 사람들이 잘 모를 법한 산속에서 신기하게도 이국적인 풍경을 찾아내는데, 고국을 떠난 이들이 느낄 수밖에 없는 향수 때문인지도 모른다.°° 그런 산속에서 여름을 보내는 것이 처음에는 조금 불편했겠지만, 불편을 참고 그들의 방식으로 길들인 것이다. 그런 곳이 내 마음을 끄는 것 같다.

두 사람이 쓸 간소한 짐만 챙긴 라켓 가방은 여행 도중에 제법 무거워졌다. 아내에게 들게 할 수는 없

○   모두 나가노현의 관광지.

○○   일본은 1868년 메이지 유신 이후 선진 기술 및 지식 도입을 위해 산産·관官·학學 각 분야에서 본격적으로 외국인을 고용했다. 주요 외국인 거주지였던 요코하마에서 접근성이 좋은 가루이자와는 서양의 리조트 문화가 유입되며 발전했고, 19세기 말부터 국제적인 휴양지로 유명해졌다.

으니 처음에는 번쩍 들고 다녔지만 금방 지쳐 주저 앉게 되었다. 그래서 가끔은 아내가 들게 하다가 사람들이 많은 곳에서는 황급히 뺏어 들었다. 내가 오기를 부리며 계속 걷고 있으면 아내는 옆에서 걱정스러운 눈길로 바라보았다. 우리의 여행은 이런 식이기 때문에 아무리 욕심을 부려서 여행 일정을 짜본들 갈 수 있는 곳은 매우 뻔했다.

*

승합차를 타고 노지리호수로 가는 길에 새하얀 메밀꽃이 핀 밭 사이로 휴가를 마치고 돌아가는 외국인들의 짐을 실은 마차가 스쳐 지나갔다. 여름이 끝나가는 시기인지라 모든 곳이 한산해졌겠지만, 주로 외국인을 상대로 하는 레이크사이드 호텔이라는 곳을 추천받았기에, 적어도 그곳은 영업 중이면 좋겠다 싶었다. 호숫가에서 내려 선착장까지 가서 사공으로 보이는 사람을 붙잡고 물어보았다.

"글쎄요, 레이크사이드는 아직 있으려나?" 하고

그는 뭉그적대며 일어나 남쪽의 외국인 마을인 듯 빨간색과 초록색 알록달록한 지붕이 보이는 호숫가로 시선을 돌렸다. "저 제일 끝에 보이는 지붕이 호텔이거든요. 아직 깃발을 걸어둔 걸 보니 영업하는 모양이오. 가보시겠소?"

우리는 조금 불안한 얼굴로 마주 봤다. 모처럼 여기까지 왔으니 근처까지만이라도 가보기로 하고 여섯 명 정도는 탈 수 있을 것 같은 구식 모터보트에 둘만 올라탔다.

호수는 고요했다. 그림엽서에 자주 나오는 요트는 한 척도 보이지 않았다. 호수에는 우리를 태운 모터보트뿐이었고, 수면 위로 휘발유 냄새를 풍기며 듣기 싫은 엔진 소리를 크게 울려댔다. 이윽고 외국인 마을이 시야에 들어왔다. 제일 구석에 붉은 지붕의 건물이 있었고 지붕 위에서 펄럭거리는 붉은 깃발이 보였다.

모터보트에서 내려 언덕을 끝까지 올라가자 바로 호텔이었다. 레이크사이드 호텔이라고 하기에 근사한 건물인가 했더니 그저 통나무로 만든 조악한 방

갈로에 가까웠다. 우리는 다시 얼굴을 마주 봤다. 어쩌겠는가, 방법이 없으니 하룻밤만 묵기로 마음을 굳히고 나는 아내가 들고 있던 라켓 가방을 낚아채듯 뺏어 들고 현관 앞에 섰다.

현관 옆으로는 나무 의자 두세 개가 놓인 작은 흙마루가 있었는데, 이곳에서 술을 파는 것 같았다. 배로 운반한 듯한 위스키와 포도주 병이 가득 쌓여 있었고, 벽에는 'Summer in Germany'라고 쓰인 포스터가 걸려 있었다. 뭔가 정취가 느껴지긴 했다.

벨을 다시 한번 누르고 나서야 흰 윗옷을 걸친 젊은 남자가 나왔다. 방이 있는지 묻자 이삼일 더 머무를 손님이 있으므로 그때까지라면 방을 내어줄 수 있다고 했다. 우선 방을 보여달라고 하고 신발을 벗고 들어갔다. 신발을 벗어야 하는 호텔이었다.

객실은 2층에 있는 대여섯 개가 전부였다. 서쪽 호수가 보이는 방은 전부 일본식 방이었고 서양식 방은 동쪽 뒷산이 보이는 작은 방 두 개뿐이었다. 호수가 보이는 방은 때마침 석양이 쏟아져 들어와서 견디기 힘들 것 같았기에 전망이 좋지 않은 서양식 방을 골랐다. 창문을 열자 그 아래에 쌓아둔 장작과 작은 옥수수밭이 있었고, 조금 고개를 들면 건너편에 두세 그루의 소나무가 보였으며, 어디로 이어지는지 알 수 없는 경사진 외길 도로가 뒷산 너머로 사라지는 풍경이 보일 뿐이었다. 하지만 생각했던 것보다는 마음이 편안해지는 방이었다.

아내가 둘러보고 오더니 2층에 베란다가 있어서 좋다고 했다. 즉시 슬리퍼를 끌고 나가봤다. 베란다 바로 아래에서 뻗어 나온 나뭇가지들을 액자 삼아 호수 일부가 보였고, 호수를 사방에서 감싸고 있는 산들이 처음으로 눈에 들어왔다. 지도와 비교해보니 오른쪽이 마다라오斑尾산, 왼쪽으로 쭉 이어진 것이 묘코妙高산, 구로히메黑姫산이라는 것은 알 수 있었다. 지금 이곳에서는 보이지 않지만 도가쿠시산, 이즈나飯綱산 등도 자리 잡고 있을 터였다.

*

많이 지친 것은 아니었기 때문에 저녁 식사 전에

가까운 외국인 마을이라도 한 바퀴 둘러보고 오기로 했다.

경사가 급한 언덕 중턱에 빈틈이 거의 없을 정도로 별장이 가득해서 사람이 지나다니는 길이 어디서부터 어떻게 이어지는지 알 수 없었다. 게다가 각별장을 구분하는 울타리 같은 것도 없이 길이 나 있어서 복잡하기가 이루 말로 할 수 없었다. 무심코 걷다가는 외국인 별장 안으로 들어가 헤매게 되는데, 다행히 지금은 여름휴가가 끝난 터라 거의 다 문이 잠겨 있어서 베란다 아래나 부엌 옆을 부담 없이 지나다녔다. 아직 두세 곳 정도는 외국인 가족이 머무르고 있는지 빈집인 줄 알았던 곳에서 조용한 일상의 소리가 들려오기도 했다.

인기척이 사라진 외국인 마을을 태연하게 돌아다니고 있자니, 한여름의 정경을 본 적이 없음에도 그들이 여름철에 어떻게 지내는지 눈앞에 생생하게 보이는 듯했다. 사람이 살든 안 살든 항상 이렇게 풀이 무성하고 베란다 바닥 판자가 갈라진 틈으로 발이 빠질 것 같아 황폐해 보이지만, 그 속에서 사람들의 웃음소리가 들리고 아기는 해먹에서 잠들고 강아지가 뛰어다니고 마거리트꽃이 흐드러지게 피었으며 파랗고 빨갛고 하얀 세탁물이 가지런히 널려 있다. 저녁이 되면 윗동네 별장에서 레코드 소리가 들려오고 호수에는 요트가 오간다. 그리고 병꽃나무에 꽃이 핀 우물가에는 한 소녀가 물을 뜨러 왔다가 신나게 종알거릴 것이다. ⋯⋯그런 즐거운 상상이 꼬리를 물고 계속해서 떠올랐다. 그것을 또 아이처럼 신나서 하나하나 아내에게 들려주는 데 정신이 팔려 남의 집에 들어가기도 했다.

이윽고 언덕길을 타고 호수 기슭까지 내려와 호숫가 모랫길을 걸었다. 강가에 묶여 있는 보트 두세 척의 후미를 물결이 찰싹찰싹 때리고 있었다. 그곳에도 인기척은 전혀 없었고 하얀 와이어헤어종 강아지 한 마리가 그 주변을 홀로 뛰어다닐 뿐이었다.

*

저녁 무렵 우리가 테이블이 대여섯 개 놓인 작은

식당에서 나뭇가지 사이로 살짝살짝 보이는 호수를 바라보면서 셀러리가 든 샐러드 그릇을 앞에 두고 있을 때, 외출했다가 지금 막 돌아온 듯한 젊은 외국인 여자 두 명이 식당으로 들어왔다. 먼저 들어온 것은 반바지에 하얀 폴로셔츠를 입고 머리도 남자아이처럼 짧은, 이목구비가 뚜렷하고 예쁜 아가씨였다. 뒤이어 들어온 것은 장밋빛 옷을 입은 통통하고 얌전해 보이는 아가씨였다. 두 사람은 우리 테이블 옆을 지나쳐 맞은편 창문가 테이블에 앉았다. 나와 하얀 폴로셔츠를 입은 아가씨가 마주 보고, 아내와 장밋빛 옷을 입은 아가씨가 등을 맞대고 앉은 상황이었다.

"남매인가?" 아내는 작은 소리로 내게 물었다. 폴로셔츠 아가씨를 소년으로 착각한 것을 알고 나는 풋 웃으며 고개를 가로저었다. 마침 디저트를 가져온 종업원이 비키기를 기다렸다가 말했다. "저쪽을 남자로 착각한 모양인데, 여자야."

"정말?" 그렇다고 바로 뒤돌아볼 수도 없는 아내는 숟가락으로 푸딩을 아슬아슬하게 떠 올리며 말했다.

"여자인 건 분명한데…… 남자친구 같은 느낌이 군……." 나는 수군대다가 순간 그 아가씨와 눈이 딱 마주쳤다. 아가씨가 먼저 눈길을 피했다.

내가 담배를 피우며 아내와 여유롭게 커피를 마시고 있을 때 카운터 안쪽에서 레코드 소리가 들려왔다. "아베 마리아!" 저쪽 테이블에서 장밋빛 아가씨가 애교 섞인 목소리로 말했다. 폴로셔츠 아가씨는 셀러리를 입에 넣으며 잠자코 고개를 끄덕였다. 음악이 잠잠해지며 끝났지만, 레코드판은 계속 헛돌고 있었다. 부엌에서 접시를 닦던 종업원이 카운터 안쪽에 모습을 드러내더니 다른 노래로 바꿔 틀었다. 그때 처음 알았는데 아무래도 이 호텔은 매니저부터 주방장, 접시닦이까지 한 사람이 하는 모양이었다. 이번 곡은 왈츠풍 같았다.

밤이 되었다. 계속해서 입속에 남아 있는 셀러리 냄새를 신경 쓰며 우리는 방에서 잠시 책을 읽었다. 하지만 방이 작은 탓인지 푹푹 찌는 듯해서 창문을 활짝 열어두고 함께 베란다 쪽으로 나갔다.

옆에 있는 호수 쪽 방 전등이 급히 꺼진 듯한 기분
이 들었다. 그곳이 아까 그 아가씨들의 방인 것 같
았다. 우리는 베란다에서 조용히 담배를 피웠는데,
깜깜한 옆방에서 작게 속삭이는 소리가 들려왔다.
무심코 귀를 기울여보니 한 명이 끊임없이 애교스
러운 목소리로 뭔가를 속삭이고, 다른 한 명은 대충
대답하며 그다지 관심 없는 듯 듣고 있었다. 그러더
니 요즘 치기 어린 젊은이들이 으레 그렇듯 이래도
좋고 저래도 좋다는 식의 성의 없는 웃음소리를 내
기도 했다.

"이제 들어갈까? 조금 쌀쌀해진 것 같네." 아내가
말했다.

"……" 나는 묵묵히 산 위로 흘러가는 밤 구름을
올려다보았다.

"그건 그렇고, 내일은 어떻게 할까?"

"음. 나는 하루쯤 더 여기에 있어도 괜찮을 것 같
은데. 조용해서 책 읽기에 좋은 것 같아."

나는 갑자기 생각난 듯이 손에 들고 있던 작은 책
을 펼쳤다. 조금 떨어진 곳에서 비쳐오는 불빛으로

읽을 생각이었다.

"너무 어두우니까 책은 그만 읽지. ……암튼 오늘은 피곤하니까 그만 잘까? 내일 일은 내일 생각하지 뭐……."

"응, 그것도 좋겠군. 내일 일은 내일 생각하기로 할까……."

나는 다시 구름으로 뒤덮인 밤하늘을 올려다봤다. 아무래도 내일 아침부터 날씨가 흐려질 것 같았다. 하지만 상관없다. 내일 일은 내일 생각하면 된다.

*

동틀 녘 일찌감치 눈을 뜨니 뒷산에서 뭔가 울음소리가 귀에 익은 새가 끊임없이 지저귀고 있었다. 이번 여름에 갖가지 새에 관해 배운 것은 좋았지만 너무 한꺼번에 공부한 탓에 매번 뭐가 뭔지 헷갈렸다. 지금도 비몽사몽 중에 그 새의 울음소리를 들으며 말했다.

"여보, 저게 무슨 새였더라. ……여보, 저거, 내가

생각해내면 일어나는 거야. 못 맞히면 더 자게 해줄 게."

아내는 아직 졸린 듯 새 따위는 신경도 쓰지 않는 눈치였다.

나는 능청스럽게 열심히 새 울음소리를 따라 하면서 그 새가 무엇인지 떠올리려 애썼다.

"아, 섬촉새였어." 어렵사리 이름을 떠올리고 뛰어오를 듯 일어나 창가로 다가갔다. 그곳에서 보이는 소나무 가지 위로 올리브색 작은 새 두 마리가 날아다니고 있었다. 섬촉새가 틀림없었다.

"여보, 일어나." 하지만 나는 말만 그렇게 했지, 아내를 깨우지 않고 재빨리 옷을 갈아입었다. 그리고 어쩐지 오늘은 굉장히 좋은 날이 될 것 같은 예감에 아래층에서 세수하고 올라와서 어제 보던 작은 책을 들고 베란다로 나갔다. 하지만 막상 좋은 날을 대놓고 기다린다는 기분이 들자, 딱히 좋은 일이 생길 것 같지 않았다. 우선 오늘 아침은 안개가 짙은 것도 아닌데 이상하게 날이 흐려서 하늘도 호수도 온통 옅은 먹색이었다. 묘코산도 구로히메산도 구름 없이 윤곽만 뿌옇고 희미하게 보였다. 이대로 온종일 흐릴 것 같은 불안한 흐린 날씨였다.

날이 흐리면 어딜 나가도 소용이 없을 테니 날이 갤 때까지 조용히 책이나 읽어도 좋을 것이다. 그게 가장 나다운 방법이다. 이 책을 읽으러 일부러 이 호수에 왔다고 생각하면 된다.

그렇게 마음먹었으니 아내는 더 자게 내버려두기로 했다. 베란다에 있는 등의자에 기대어 앉아 흐린 하늘 아래에서 가로쓰기로 된 작은 책을 펼쳤다. 드로스테 휠스호프라고 하는 독일 여성 작가가 쓴 『유대인의 너도밤나무』라는 책이었다. 독일 남부의 숲속 계곡을 배경으로, 술주정뱅이 남편이 어느 눈보라 치는 밤에 숲속에서 비명횡사하고 나서 남겨진 과부와 아들이 힘겹게 살아가는 운명을 여성스럽지 않은 강인한 필체로 쓴 소설이다. 마침 나는 아들 프리드리히가 자신을 양자로 삼은 숙부 시몬에게 나쁜 영향을 받고 점차 소문난 망나니가 되어 가는 숙명적인 길을 그린 이야기의 중간 부분을 읽고 있었다. 어느 날 숲속에서 사소한 일로 그와 언

쟁을 벌인 숲 관리인이 그 후 누군가에게 살해당한다. 가장 먼저 프리드리히가 용의선상에 오른다. 하지만 그의 알리바이가 인정되면서 사건은 점점 미궁에 빠진다. 다음 날인 일요일 새벽, 교회에 가려고 달빛이 드는 부엌에서 기도문을 찾던 프리드리히는 문 앞에서 잠옷 차림의 숙부 시몬에게 붙들린다. 두세 번 질문과 대답이 오간 끝에 프리드리히는 그 살인범이 숙부라는 사실을 알게 된다. 그대로 그는 교회에도 가지 못하고 만다.

그때 드디어 잠에서 깬 아내가 아직 졸린 듯이 조용히 내 옆의 등의자에 앉았다. 나는 아내가 온 것을 알면서도 책에서 눈을 떼지 않고 그 페이지를 다 읽을 때까지 가만히 있었다. 그리고 나서야 아내 쪽으로 얼굴을 들며 편안한 표정을 지어 보였다.

"다 봤어?" 아내는 나를 보았다. "오늘은 공부? 아니면 어디 외출할까? 어떻게 하면 좋을지 알 수 없는 날씨이긴 한데……."

"나갔다가 비라도 맞으면 힘드니까 여기서 이렇게 책이나 읽을까 싶은데……."

"그것도 좋지."

아내도 잠깐 사이에 그런 마음이 든 것 같았다. 변덕이 심한 나에게 너무 익숙해진 나머지 가만히 내버려두는 게 낫겠다고 체념한 것인지도 모른다. 일정을 정하고 아내는 편하게 머리를 묶으러 방으로 돌아갔다가 잠시 후에 본인도 책을 들고 나왔다. 그리고 내 옆에 앉아 책을 읽기 시작했다.

가끔 새들이 책을 읽는 우리 머리에 닿을 듯이 희미한 날갯소리와 함께 비슬대며 날아 지나갔다.

외국인 아가씨들의 방은 아직 블라인드가 내려져 있고 아무런 소리도 들리지 않았다. 잠시 후 눈을 떴는지 둘이서 소곤소곤 이야기하는 소리가 들렸다. 지금 가야겠다 싶어서 우리는 아침을 먹으러 식당에 내려갔다.

*

아가씨들이 나타나기 전에 아침을 먹고 나온 우리는 방으로 돌아가지 않고 그대로 산책에 나섰다.

비가 쏟아지기 전에 갈 수 있는 만큼만 주변을 돌아보자는 마음으로 외국인 마을에서 어제 가보지 않은 길을 따라 걸었다. 호수 기슭까지 내려와보니 호숫가 맞은편이 희미하게 밝아졌고 청자처럼 푸른 하늘도 조금씩 보였다. 잘하면 살짝살짝 엷은 햇살이 비치는 날씨로 바뀔지도 모르겠다.

호숫가 길을 따라 외국인 마을 끝까지 갔다가 다시 낙엽에 파묻힌 언덕길을 따라 마을 쪽으로 돌아왔다. 또 어제와 마찬가지로 이상한 호기심에 끌려 남의 별장 안으로 발을 들이밀었다. 베란다, 창살, 나무 계단 등 모든 것이 어제 본 것과 크게 다르지 않았다. 어제와 같은 곳을 걷는 듯한 기분이었다. 어느 커다란 별장 안에서 헤매다가 돌아나가려는 찰나에 문득 건물 뒤쪽을 봤는데, 나무로 만든 뒷문 위로 드리워진 자작나무 그림자 사이로 'Green……'이라는 투박한 글씨가 박힌 간판 일부가 보였다. 제법 세련된 가게인 것 같아서 나무문에 다가가 보니 자작나무에 가려진 나머지 부분은 '……Grocery'였다. 뭐야, 채소가게였군. 하지만 집

뒷마당에 느닷없이 채소가게가 하나 있는 것도 이상하다 싶었다. 뒷문을 쭉 밀고 나가니 그곳에는 채소가게를 비롯하여 잡화점이니 이발소니 얼음가게니 간판을 내건 호상가옥이 한데 몰려 있었다. 그곳에서 길이 세 갈래로 나뉘었는데, 동쪽에서 올라온 길이 그 지점에서 갈라져서 한쪽은 이 별장 뒤쪽을 거쳐 외국인 마을 안으로 사라졌고, 또 한쪽은 옛날부터 있었던 마을길인 듯 서쪽으로 완만한 내리막 길로 이어져 2정° 정도 더 가면 숲속으로 이어졌다. 숲 위로는 구로히메산이 커다랗게 자리 잡고 있다. 거기서 왼쪽으로 조금 떨어져 보이는 산이 도가쿠시산일 것이다. 이곳은 그야말로 시나노信濃°°로 통하는 관문이라는 느낌이다. 갈림길에는 아까 본 호상가옥 말고도 옛 민가가 여러 채 모여 작은 마을을 이루고 있었다. 그 누추한 민가들은 외국인 마을과는 상대도 하지 않겠다는 듯 하나같이 고집스레 등지고 옛 모습 그대로 구로히메산과 도가쿠시산만

○   정町은 옛 거리 단위로, 1정은 약 109미터에 해당한다.

○○   나가노의 옛 이름.

을 바라보고 있다. 너무나도 고바야시 잇사°를 낳은 시골 마을다웠다. 그러한 시골 정취를 풍기는 마을과 세련된 외국인 마을이 나무문 하나를 사이에 두고 무심하게 등을 맞댄 모습이 내게는 뭐라 설명할 수 없이 재미있었다.

날씨도 계속 이대로일 것 같다. 변함없이 엷은 햇빛이 들었다가 사라졌다가 했다. 우리는 잠시 갈림길 주변에서 기웃거리다가 계속 이러고 있을 수도 없는 노릇이라 동쪽 길로 걷기로 했다. 조릿대로 엮은 울타리가 길을 둘러싼 것을 보니, 가다 보면 호텔 뒤편으로 난 길로 이어질 것 같았다. 그 길을 따라 걷다 보니 남쪽의 이즈나산이 나무 사이로 완만한 모습을 드러냈다.

○ 에도 시대의 하이카이 시인. 겨울이면 눈에 덮이는 산골 시나노의 농가에서 태어났다. 방언과 속어를 섞어 생활감정을 읊는 골계적인 내용의 시로 농민성과 반골정신을 드러냈다. 본명은 야타로이며, 잇사라는 하이호俳號는 오차의 거품처럼 사라지기 쉬운 몸이라는 의미다.

*

　점심을 먹은 뒤 나는 방에 틀어박혀 베란다 등의
자에 다리를 뻗고 아주 불량스러운 자세로 『유대인
의 너도밤나무』를 이어서 읽었다. 이야기는 이윽고
클라이맥스에 어울리게 마을에서 열리는 어느 결혼
식 장면에 이른다. 그 자리에서 아들 프리드리히의
운명은 마침내 미친 듯이 휘몰아친다. 먼저 그와 절
친하며 생김새도 쏙 빼닮은 고아 요한이 부엌에서
버터를 훔치다 들켜서 쫓겨난다. 그것만으로도 프
리드리히는 뭔가 켕기는 기분이었는데, 사람들에게
자랑한 은시계 때문에 모두가 보는 앞에서 유대인
대금업자에게 굴욕을 당한다. 그날 밤 유대인이 숲
속의 큰 너도밤나무 아래에서 살해된 채 발견된다.
프리드리히도 요한도 행방이 묘연해진다. 늙은 어
머니만 홀로 남겨진다.

　나는 드디어 결말만 남겨두고 책을 덮었다. 그리
고 등의자에 기대어 지친 눈을 잠시 호수로 돌렸다.
변함없이 흐릿한 하늘, 희미한 산, 둔탁하게 빛나는

호수. 그래도 모두 나름대로 안정감을 갖추고 있는 듯 보였다.

같은 호텔에 묵고 있는 아가씨들도 오후에는 밖에 나가지 않고 무료한 듯 방에서 뒹굴다가 둘이서 책이라도 읽는 모양이었다. 무슨 책인지 모르겠으나, 장밋빛 아가씨가 낮은 목소리로 책을 읽었고 폴로셔츠 아가씨는 듣다가 가끔 무심하게 웃었다.

"어, 왔어?" 나는 마침 베란다로 나온 아내를 돌아봤다. "잠깐 호숫가 건너편을 둘러보고 싶은데, 아래에 있는 보트 대여점에 물어보면 뭔가 방법이 있지 않을까?"

"가서 볼까?"

아내는 같이 책을 읽는 것보다는 그게 더 나은 듯했다. 우리는 호텔을 나왔다. 호텔 앞 급한 내리막 길을 걸어 내려가다가 빈 광주리를 둘러메고 가쁜 숨을 내쉬며 옷을 풀어 헤치고 비틀거리는 할아버지와 스쳐 지나가는데 그가 뭔가를 물어왔다. 아니, 뭔가를 물어본 것 같은 기분에 함께 고개를 돌렸다. 그가 뭔가 헐떡거리며 말을 하는데 좀처럼 알아들

을 수가 없었다. 한참 듣고 나서야 우리가 오는 길
에 말을 끌고 가는 자기 아내를 보지 못했는지, 어
느 정도 앞에 있는지 알고 싶어 한다는 것을 알 수
있었다. 우리가 바로 위에 있는 호텔에서 지금 막
나온 참이라 아무도 보지 못했다고, 모르겠다고 답
하자, 그는 뭔가 탐탁지 않은 표정으로 우리를 물
끄러미 바라보았다. 우리로서는 더 이상 할 수 있는
것이 없었기에 그대로 길을 내려갔는데, 도중에 다
시 한번 뒤돌아보니 할아버지는 쭈그리고 앉아 뭔
가를 계속 만지작거리고 있었다. 누군가가 신다 버
린 듯한 짚신을 주워 자신의 낡아빠진 짚신과 바꿔
신는 것이었다. 딱히 부랑자 같지는 않지만, 근처에
일을 나갔다 돌아가는 것으로 보기에도 행색이 영
이상했다.

"뭐 하는 사람이지?"

"좀 불쌍해 보인다."

"난 저런 게 정말 이해가 안 돼. 왜 저러고 다니는
거지?"

나는 입으로는 그렇게 말하면서도 문득 드로스테

휠스호프의 이야기에 나오는 매서운 운명 때문에 이성을 지닌 여성에서 아둔한 노인으로 점점 변모해가는 어머니 마르그레트를 떠올렸다.

호숫가의 보트 대여점에 들러 사람을 찾았지만 아무도 대답이 없었다. 못 타려나 보다 하고 돌아서려는데, 아이를 등에 업은 여자가 주인인 듯 우리를 불러 세웠다. 모터보트를 빌릴 수 있느냐 묻자 이 사람도 잠시 탐탁지 않은 표정으로 우리를 바라봤다 ― 아무래도 이 동네 사람들이 당황했을 때 나오는 표정인지도 모르겠다. 그러다 이야기해준 내용을 정리하자면 어젯밤에 강 건넛마을에서 결혼식이 열려 가게 주인이 거기에 갔고, 모터보트를 타고 나간 뒤로 아직 돌아오지 않았다는 것이다. 그러고 나서 여자는 내일 아침 일찍 돌아가는 손님을 강 건너까지 태워다주겠다고 약속했다며, 그때까지는 꼭 돌아와야 하는데 정말 걱정이라는 말도 덧붙였다. 푸념 상대까지 해줄 수는 없었기에 우리는 서둘러 그곳을 빠져나왔다.

"어쩔 수 없네. 호숫가를 따라서 걸을 수 있는 데까지 한번 걸어보자. YWCA까지 갈 수 있으려나?"

"그렇게 걸어도 괜찮겠어?"

우리는 이야기를 주고받으며 이번에는 외국인 마을과는 반대쪽, YWCA 기숙사가 있는 쪽으로 호숫가를 따라 걸었다.

. 호숫가를 따라 오르막과 내리막이 반복되는 길이었는데, 갑자기 호수와 나란히 걷는 길이 나타났다가 다시 숲으로 난 길이 나타나기도 했다. 나무 줄기와 줄기 사이로 호수가 희미하게 빛났다. 어느새 마다라오산이 시야에서 사라지고 묘코산과 구로히메산이 정면에 나란히 보이기 시작했다.

"잘 걷네."

"응. 오늘처럼 좀 흐린 날씨가 걷기에는 더 좋아."

숲이 점점 길어졌다. 이번 여름에 숲으로 캠핑을 온 사람이 있었는지 군데군데 어지른 흔적이 있었다. 나뭇가지가 마구잡이로 부러져 있기도 했다. 그런 곳을 지날 때면 우리는 누가 먼저랄 것도 없이 살짝 빠르게 걸었다.

갑자기 시야가 밝아지는가 싶더니 산 방향에 문이 잠긴 조그만 건물이 나타났다. YWCA 기숙사인 것 같았다. 호수 방향으로는 울타리에 둘러싸인 모래땅이 있었고, 작은 수상 오두막도 있었다. 우리는 울타리를 밀어젖히고 들어갔다.

그곳은 다른 어떤 곳보다도 호수가 육지 쪽으로 깊이 파고든 지형이었다. 그 탓인지 호수도 이 주변이 가장 깊어 보이기도 했다. 사실 마다라오산과 구로히메산에서 발생한 태고의 분화로 인해 산맥 사이의 계곡이 거의 다 매몰된 탓에 옛 모습을 그대로 간직한 곳은 노지리호수뿐이라고 들었다. 여기에 서 있으니 울창한 나무들 사이로 정말이지 전설이 깃들어 있을 법한 구로히메산이 아득하게 느껴졌다. 마다라오산은 정확히 우리 등 뒤에 자리 잡고 있을 것이다.

우리는 그곳에서 산과 호수를 둘러보며 호숫가 모래땅을 걸어 다녔는데 곳곳에 모닥불을 피운 흔적이 남아 있었다.

"여기서 캠프파이어를 했나 봐!" 아내는 학창 시절을 떠올리는 듯 조금 상기된 목소리로 내게 말했다.

"캠프파이어가 뭐지?" 나는 아내의 이야기를 끄집어내고자 물었다.

"어머, 캠프파이어를 모르나? 세상에." 아내는 조금 들떠 있었다. "저녁이 되면 다 같이 모닥불을 피우고 그 주변에서 처음에는 기도하고 찬송가도 부르면서 예배를 드려. 그게 다 끝나면 소시지를 구워서 빵에 끼워 먹고 모닥불 주변을 돌며 춤추고 노는 거야. 참 재밌었는데……."

나는 멋쩍은 표정으로 이야기를 듣다가 마지막에 물었다. "소시지를 그 모닥불에 구워 먹는 거야? 맛있겠네."

하지만 마음속으로는 이런 산에 둘러싸인 호숫가에서 모닥불을 배경으로 수많은 소녀가 삶의 기쁨에 충만해 흥겹게 노는 광경을 눈에 새겨질 만큼 선명히 떠올렸다.

아내는 그곳에 떨어져 있던 타고 남은 장작을 모아 호수 쪽으로 던졌다. 장작은 물가까지 가지도 못하고 모래밭으로 떨어졌다. 썰물 때라 물이 밀어지고 있던 탓이다.

나도 따라 해봤다. 나라면 충분히 호수까지 던질 수 있다는 것을 보여주려고 했는데, 갑자기 어떤 생각이 들어 장작을 내려놓았다. 마구 움직이다가 가슴에 통증이라도 생기면 좀처럼 회복하지 못하는 몸이었다.

아내는 그런 내 생각을 알아채고 쓸쓸해진 듯 고개를 숙였다.

*

마침 호숫물도 빠지는 참이니 우리도 물가를 따라 호텔 쪽으로 걸었다.

갈대가 군데군데 무리 지어 있는 것 말고는 우리에게 방해가 될 만한 것은 아무것도 없었다. 호숫가 지면이 무너져내린 곳이 한 군데 있었는데, 그곳에서 자라난 어린 물참나무는 뿌리째 꺾여 호수 쪽으로 쓰러졌음에도 아직 푸른 잎으로 가득했다. 우리는 그 나무를 피해 가려고 물에 거의 닿을 듯 아슬아슬하게 걸어야만 했다. 하지만 그때도 호숫물은 우리의 발 근처에서 물결 한번 일으키지 않았고 아무런 기적도 내지 않았다. 그러면서도 호수 전체가 어느 깊은 곳에서 호흡하고 있는 것만 같아 이상한 기분이 들었다.

"Zweisamkeit!" 이 독일어가 정말 몇 년 만에 내 입을 거쳐 튀어나왔다. 고독한 외로움과는 조금 다른데, 비슷한 의미로 마주 보고 있는 외로움이라는 뜻이었던 것 같다.° 그런 것도 인생에 존재할 법하지 않은가?

"그런 거 아니겠어, 맞지, 여보……." 나는 입속으로 중얼거리고 아내를 바라봤다.

'뭐라고 했어?' 혹여나 아내가 쫓아와서 다시 물어보지는 않을까 싶었다. 하지만 그 작은 소리를 들었

° 독일어로 '외로움'을 뜻하는 아인잠카이트Einsamkeit에서 '하나'를 뜻하는 아인스Eins 대신 '둘'을 뜻하는 츠바이Zwei가 결합된 단어 츠바이잠카이트Zweisamkeit는 '두 사람만의 생활'을 의미한다.

을 리 없는 아내는 내 뒤를 묵묵히 따라올 뿐이었다.

*

저녁 무렵, 식당에서 다시 그 외국인 아가씨들을
만났다. 항상 똑같이 식당에 들어와서 항상 똑같이
테이블에 앉고 식사 중에는 항상 똑같이 많지 않은
대화를 나눈다. 그들도 우리를 보고 똑같이 생각하
고 있을지도 모른다.

오늘 밤은 접시 위에 셀러리가 없다 싶더니 수프
안에 있었다. 식사 내내 그 냄새가 입안에 남았다.

우리는 2층 방으로, 외국인 아가씨들은 그대로
밖으로 나갔다.

나는 오늘 밤 안으로 꼭 『유대인의 너도밤나무』
를 다 읽을 생각이었다. 아내를 먼저 재우고 밤늦게
까지 혼자 책을 읽었다. 프리드리히와 요한이 마을
에서 자취를 감추고 삼십 년 가까운 세월이 흐른다
(그사이 프리드리히의 어머니는 죽고 마을 사람들
도 완전히 변하지만, 유대인 사건이 있었던 너도밤

나무는 옛 모습 그대로 남아 있다. 근처에 사는 유대인들이 그 나무를 사들였는데 나무 줄기에는 저주의 말이 새겨져 있었다). 어느 눈 내리는 크리스마스 밤, 마을에 부랑자 한 명이 찾아온다. 그는 몰락한 요한으로 여겨졌다. 한동안 마을 사람들의 보살핌을 받고 살던 그는 어느 날 또다시 실종된다. 그가 숲속의 너도밤나무에서 목을 매달고 죽은 채 발견된 것은 그로부터 얼마 지나지 않아서였다. 사실 그가 프리드리히였다는 소문이 돌기 시작한다. 그 너도밤나무에 유대인들이 새겨 넣은 문구로 이야기는 끝을 맺는다. '네가 이곳에 가까이 오면 과거에 네가 내게 한 일이 네게도 일어날 것이다.'

　11시 가까이 되어서야 책을 다 읽고 세수하러 아래층으로 내려갔더니 마침 아가씨들이 외출에서 돌아온 참이었다. 이 시간까지 어디를 돌아다니다 온 것인지 의아해서 두 사람이 신발을 벗는 모습을 흘깃 쳐다봤다. 두 사람은 내 시선을 느낀 것 같았지만 폴로셔츠 아가씨는 대수롭지 않다는 얼굴로 신발을 벗었다. 하지만 장밋빛 아가씨는 무서운 눈빛으로 나를 올려다보았다.

*

　날씨가 흐리더니 다음 날 아침엔 결국 안개비가 내렸다. 산들도 잘 보이지 않고 호수는 온통 뿌옇게 안개가 끼어 있었다. 떠나기에 적당한 시점이다 싶어 카운터 직원에게 돌아가는 차편을 부탁했다. 그는 외국인 아가씨들도 그날 밤 야간열차로 한 명은 고베神戸, 한 명은 요코하마로 간다면서 내일부터 이 호텔도 겨울까지 문을 닫는다고 했다.

　이 호텔에는 전화가 없어서, 금방 차를 불러오겠다며 남자는 자전거를 타고 안개비 속으로 나갔다.

　다시 2층으로 올라와 라켓 가방에 짐을 싸고 나니 더는 할 일이 없어서 나는 멍하니 책상에 턱을 괴고 앉아 있었다. 아내는 이곳에 온 뒤 처음으로 어머니에게 엽서를 쓰고 있었다.

　나는 창문 너머로 보이는 안개비 내리는 뒷산을 무심코 바라보았다. 우비를 입은 남자가 쥔 고삐에

이끌려 젖은 풀을 등에 잔뜩 실은 말이 길을 터벅터벅 걸어 올라가고 있었다. 말 옆에서 귀여운 망아지 한 마리가 따라다녔다. 가끔 어미 말의 몸에 제 몸을 갖다 대거나 발로 건드리며 장난을 치기도 했다. 마부도 어미 말도 망아지가 하는 짓에는 개의치 않고 그저 앞으로 나아갔다. 망아지는 기어코 어미 등에 얹힌 풀을 조금 물어뜯더니 자연스럽게 그것을 제 입에 넣었다. 그 속에는 풀꽃으로 보이는 것도 섞여 있었다.

X 씨의 수첩

1929

X氏の手帳

어느 밤, 어느 술집에서 한 청년이 비틀거리며 나왔다. 그는 상당히 취한 것 같았다. 택시! 그는 크게 외쳤다.

지저분한 택시 한 대가 멈춰 섰다. 그는 휘청대며 올라탔다. 차가 덜커덩거리며 출발했다. 마침 조금 떨어진 곳에서 순찰 중이던 순경이 그 모습을 지켜보고 있었다. 순경은 차가 떠나간 자리에 떨어져 있는 수첩 같은 것을 발견했다. 청년이 떨어뜨리고 간 물건인 듯했다. 가까이 가서 보니 역시나 검은색 표지의 수첩이었다. 순경은 그것을 주워들어 가로등 빛에 비춰 몇 군데 읽어보았다.

오전 9시에
나는 눈을 뜬다.
머릿속에서 꿈이 달아나는 것을
지켜보면서

살짝 두통을 느낀다.

나는 신문을 읽는다.

식욕증진제 삼아

그리고 튤립처럼 가만히 식사를 한다.

그리고 소화를 위해

다시 침대 위에 눕는다.

브라이어 파이프로 담배를 피우면서

그것은 마치 작은 새처럼 내 손을

따스하게 해준다.

나는 힘겹게 안정을 찾는다.

그리고 책상에 앉아

원숭이가 이를 뒤지듯

내 영감을 찾는다.

나는 펜을 집어 든다.

......

거기까지 읽고, 순경은 팔락팔락 페이지를 넘겼다.

밤이 되어

홀로 방에 있으면

지나치게 나 자신이 되더라.

그것은 뭐라 말로 할 수 없는 불안감

나는 모자를 눌러쓰고

외출한다.

나는 밤새 걷는다.

지나치게 나 자신이 되지 않기 위해

미친 듯이 걷는다.

이윽고 피로해진다.

그리고 피로가 쌓여가면서

내 코는 병적으로 예민해진다.

고무 냄새, 쓰레기 냄새가 난다.

좋은 냄새와 나쁜 냄새는 섞이지 않는 법.

때때로 지독한 냄새가 난다.

그럴 때면 나는 콧구멍을 틀어막는다.

몇 분간의 질식.

나는 무엇보다도 휴식이 필요하다.

근처 바에 가서

테이블 위에 엎드린다.

그곳은 술 얼룩과 담배꽁초로 인해

도로처럼 금방 더러워진다.

억지로 떠올리게 하려는 것이다.

나를 그렇게도 피곤하게 했던 그 밤길을.

그것이 다시 내 피로를 되살아나게 한다.

나는 이제 모르겠다.

내가 누워 있는 곳이

자동차 쿠션 위인지

아니면 어딘지 모를 호텔 침대 위인지.

순경의 눈에는 조금 전 청년이 덜커덩거리며 달려가는 차 안에 쓰러져 있던 모습이 신기하게도 생생하게 떠올랐다. 또 마구 다른 페이지를 펼쳐보았다.

여자가 느끼는 수치심의 방정식만큼

난해한 것은 없다.

나는 어떤 소녀가 자신의 심장 위에

$X2+2aX$를

품고 있는 것을 보았다.

그것은 그녀와 매우 잘 어울렸다.

여러 번 읽어봐도 도무지 무슨 소리인지 알 수가 없다. 또 여러 군데 펼쳐보다가 다른 부분은 전부 잉크로 썼는데 한 페이지만 연필로 쓴 곳이 눈에 띄었다.

나는 어젯밤 잉크를 다 마시는 꿈을 꿨다. 나는 오늘 잉크가 무섭다. 그리고 이유 없이 내 정맥이 신경 쓰여 견딜 수 가 없다.

이 녀석은 살짝 위험하군 싶었다. 그리고 마지막 으로 다음 부분을 읽고 나서 순경은 이 수첩을 떨어 뜨리고 간 청년이 미치광이라고 단정하지 않을 수 없었다.

한때, 밤이 되면 꼭 열이 나는 바람에 나 는 방에 틀어박혀 있었다. 멍하니 있는

날이 많았다. 밤은 너무 길었다. 나는 때
때로 시계를 봤다. 시간이 제법 지난 줄
알았는데 1분도 지나지 않은 경우가 종
종 있었다. 매일 밤 그랬다. 그러다 나
는 그 현상이 매일 밤 일정한 시각에 일
어난다는 사실을 발견했다. 오후 11시
47분이 되면 내 시계, 아니면 우주의 시
간 그 자체가 멈춰 오랫동안 움직이지 않
는 것이다. 처음에는 내 시계가 고장 난
탓이라 생각했지만, 그것만으로는 이해
할 수가 없었다. 그래서 어느 밤, 원인을
확인하고자 나는 그 시각이 되자마자 택
시 한 대를 잡아 내가 사는 대도시를 한
바퀴 돌아달라고 부탁했다. 차는 빠른
속도로 달렸다. 나는 이곳저곳의 대형 시
계에 주의를 기울였다. 모든 시계가 정확
히 11시 47분을 가리키고 있는 것을 발
견했다. 아무리 자동차가 속력을 냈다고
는 하지만, A구의 시계에서 B구의 시계

까지 가는 데 상당한 시간이 흘렀는데도 말이다! 확인하고 나니 미칠 것 같았다. 내 시계의 주기적인 고장이 아니었던 것이다. 대도시의 수많은 시계, 아니 우주의 시간 자체가 그 시각이 되면 일시적으로 멈춰버리는 것이다. 이런 신비한 시각이 있다니! 나는 동네를 한 바퀴 돌고 나서 다시 집으로 돌아와 시계를 보았다. 아직 11시 47분이었다.

잠든 사람

1929

眠れる人

그 여자가 나를 보고 다정하게 미소 짓는 바람에 나는 그 여자를 쫓아가지 않을 수가 없었다. 모든 것이 잠든 시간이었다. 그저 바람만이 깨어 있었다. 하지만 바람도 거리에 흩어진 종잇조각을 움직일 정도는 아니었다. 오히려 공기의 흐름에 가까웠다. 그것이 내 등을 떠밀었다. 눈을 감고 떠밀리는 대로 움직이면서 나는 격심한 피로감을 느꼈다. 여자는 나보다 열 걸음 정도 앞에서 걷고 있었다. 그녀도 나처럼 피로를 느낄까? 나처럼 눈을 감고 공기의 흐름에 몸을 맡기고 있을까? 그녀와 나는 밤보다 더 어두운 거리를 계속해서 걸어 다녔고, 이제 내가 어디를 걷고 있는지도 알 수가 없다. 그저 이 밤 공기의 흐름이 우리에게 하나의 방향을 제시해주는 것만 같다. 모든 집은 굳게 닫혀 있다. 어쩌다 불이 켜진 창문이 있어도 그쪽으로 다가가면 마치 우리를 두려워하는 것처럼 꺼져버렸다. 우리는 그렇게

계속 걸었지만, 여자는 내가 뒤따라 걷는 것을 아는
지 모르는지 알 수 없었다. 그만큼 그녀는 모든 것
에 무심한 듯 천천히 걸었다. 그뿐만 아니라 나 역
시 쫓고 있는 저 여자를 잠시 잊게 되는 순간이 있
다. 잠이 내 안을 스쳐 지나가는 순간마다 나는 걸
으면서 잠든다. 하지만 잠이 아주 조용하게 내 안
을 스쳐 지나가기 때문에 눈치채지 못할 정도다. 우
리는 어느 광장에 이르렀다. 갑자기 자동차 한 대가
우리를 추월하기 위해 경적을 울렸다. 그 소리에 나
는 눈을 떴다. 그러자 그 순간까지 거의 느끼지 못
했던 졸음이 급격하게 쏟아지기 시작했다. 잠은 내
팔다리에 귀찮도록 들러붙는다. 어느새 또 눈이 감
긴다. 이번에는 차가워진 공기가 눈을 뜨게 한다.
우리는 긴 다리 위를 건너고 있다. 다리 아래로 흐
르는 물은 아무런 움직임이 없다. 죽은 물결, 손발
이 경직된 물결, 물결의 미라, 강변의 가로수는 우리
보다 더 커다란 그림자를 지녔다. 우리의 그림자는
때때로 그 속으로 들어가서 사라진다. 연약한 말 한
마디가 내 입 밖으로 도망쳤다. 우리 어디 가는 거

야? 하지만 나는 피로감이 극심한데도 공기가 더, 걸음이 더 필요한 것 같다. 나는 그녀 뒤를 따라 또 다시 밤보다 어두운 거리 속으로 들어갔다. 갑자기 어느 골목에서 하얀 개 한 마리가 튀어나왔다. 그녀를 알아본 모양이다. 개는 그녀의 냄새를 맡으며 기쁜 듯이 주변을 빙빙 돌았다. 그녀는 개가 옷소매를 마구 물든 말든 계속 걸었다. 그러다 갑자기 작고 허름한 집 앞에 멈춰 섰다. 그곳에 개를 내버려둔 채 뒤도 돌아보지 않고 작은 집 안으로 들어가버렸다. 개는 그 집의 불길한 그림자 속에 얌전히 웅크려 앉았다. 마치 그녀가 금방 다시 나올 것이라 믿는다는 듯이. 그 모습이 다시 갈 곳을 잃어버린 나에게 한 줄기 희망을 주었다. 나도 그 자리에, 작은 집에서 조금 떨어진 곳에 멈춰 섰다. 그리고 그녀가 나오길 기다리기로 한다. 개는 그제야 나를 발견한 듯 조심스레 다가왔다. 그리고 내 냄새를 맡았다. 나는 그 개와 얼굴을 마주 보고 한숨을 쉬었다. 어느새 개도 내가 편해졌는지 내 발치에 드러누웠다. 더 이상 움직일 생각이 없어 보였다. 나로 말하자면, 이제 내

힘만으로는 도저히 걸을 수 없을 것 같다. 게다가
조금 전까지 등을 밀어주던 공기의 흐름도 멈춰버
렸다. 나는 새로운 종류의 피로감을 느꼈다. 너무나
도 졸렸다. 난 그 자리에 서서 잠깐씩 잠들었다. 꿈
을 꿨다. 꿈이 내 짧막한 잠에서 빠져나온다. 그리
고 돌부리에 걸려 넘어지듯이 현실과 부딪친다. 그
것이 얼마나 짧은 꿈이든 나에게는 길게만 느껴진
다. 나는 하루의 모든 시간에 꿈을 꾼다. 지금도 꿈
을 꾸고 있다. 그러다가 꿈과 현실이 중첩된다. 어
디부터 어디까지가 꿈이고 현실인지 구별할 수 없
다. 가끔 어디선가 작은 새가 지저귀는 소리를, 그
리고 내 심장이 고동치는 소리를 듣는다.

　모든 것이 자초한 것이다.
　꿈이 변화하는 것은 우연 탓이 아니다. 꿈은 잠자
는 사람의 자세에 따라 달라진다. 그래서 이 모든
것이 변한 것일까? 이 모든 것이 낮에도 눈을 뜨고
선 채로 잠이 든 나 때문일까?
　모든 것이……

그곳은 야구장이었다. 온갖 종류의 사람들을 볼 수 있는 곳이다. 손뼉을 치며 기뻐하는 사람들, 새빨개진 얼굴로 욕을 퍼붓는 사람들, 절망한 듯 입을 다문 사람들, 그들을 보면서 끊임없이 미소 짓는 여자들. 그리고 그런 사람들 한가운데 등 한가득 햇살을 받으며 졸고 있는 내가 있다. 새로운 소란이 벌어지며 직전에 벌어졌던 소란과 교대한다. 눈이 번쩍 뜨였다. 배트 소리, 날아가는 공, 공을 쫓아가는 선수들, 푸른 하늘, 태양. 나는 다시 별다른 감흥 없이 눈을 감았다. 주변의 소란스러움도 내 꿈을 기분 좋게 자극할 뿐이다. 누군가 내 이름을 부르는 것 같다. 나는 눈을 반쯤 뜨고 소리가 들려오는 쪽을 돌아보았다. 마쓰리였다. 그녀는 내 옆에서 내가 알아듣지 못하는 이야기를 계속해서 늘어놓았다. 그러다 갑자기 얼굴을 가까이하더니 세 시간 후에 카페 릿쓰로 오라고 말했다. 손목시계를 봤다. 3시 15분이었다. 나는 그녀가 정확한 시간에 병적으로 집착하는 것을 잘 안다. "6시 15분이라는 거지?" 다시 물어볼 틈도 없이 마쓰리는 내 곁에서 멀어졌다.

마치 내게 화가 난 것처럼. 나는 잠시 그녀의 뒷모습을 눈으로 쫓았다. 그리고 나처럼 그녀의 뒷모습을 바라보는 수많은 남자를 둘러보고 새삼스레 놀랐다. 이렇게 많은 남자가 그녀의 모습을 보면서 하나의 공통된 감동에 사로잡힌다니. 마쓰리에 대해서 사람들이 했던 이야기를 하나하나 되새겨봤다. 그녀는 고혹적이다, 부자다, 재밌는 이야기를 잘한다, 결코 언짢은 표정을 짓는 법이 없다, 운동을 좋아한다, 수영을 잘한다……. 다만 그녀는 남자를 사랑하지 못한다. 모두가 마지막에 꼭 덧붙이는 한마디였다. 사실일까? 아니면 단순한 험담일까? 지금은 그게 사실인 것 같기도 하다. 조금 전부터 기타를 떠올렸기 때문이다. 어젯밤 일이었다. 기타는 집까지 바래다주겠다면서 날 따라왔다. 그는 혼자가 되는 것을 극도로 두려워하는 듯했다. 드디어 나와 헤어지기 직전에 기타는 어렵사리 자신의 부정적인 생각을 털어놓았다. "그래도 마쓰리는 널 사랑하잖아." 나는 말했다. "그 여자는 나 같은 건 안중에도 없어. 내가 죽는다고 해도 그럴걸." 그의 절망스

러운 푸념을 들으며 나는 일 년 전에 겪었던 위기를
떠올렸다 — 제어할 수 없는 마음속 혼란은 일시적
으로 청년을 완전히 무기력하게 만드는 법이다. 그
는 자살을 결심한다. 약을 먹기 전에 그는 차마 버
리지 못하고 괴로워했던 사진과 편지 등을 태워버
린다. 그러자 혼잡하던 마음이 갑자기 정리되는 기
분이다. 점점 자살할 필요가 없겠다는 생각이 든다.
그는 다시 살기로 한다 — 내 주변에 그런 청년이 몇
몇 있었다. 내가 있었다. 그리고 지금 내 앞에는 완
전한 절망에 빠진 기타가 있다. 나는 이 순간 절망
한 그의 얼굴에서 쓸데없는 걱정거리를 발견하지
않으려고 일부러 시선을 피하며 "그럼 들어가볼게"
하고 가볍게 말했다. 고작 어젯밤에 있었던 일이다.
기타는 지금 뭘 하고 있을까? 마쓰리, 못된 마쓰리!
사람들이 한 이야기가 사실일까? ……멀어진 그녀
를 바라봤다. 지금 내가 있는 곳에서는 마쓰리의 눈
도 코도 입도 알아볼 수 없다. 눈코입은 모두 함께
불꽃처럼 타오르고 있었다.

　이윽고 해가 졌다. 경기도 끝났다. 사람들은 자

리에서 일어나 움직였다. 나는 운동장이 텅 빌 때
까지 기다렸다가 가장 마지막에 자리에서 일어났
다. 그러다가 마쓰리를 시선에서 놓치고 말았다. 나
는 지쳐서 고개를 푹 숙이고 사람들 뒤를 따라 나
갔다. 내가 보기엔 앞에서 걸어가는 사람들도 본인
이 어디로 가려고 하는지 잘 모르는 것 같다. 하지
만 나는 그들을 따라간다. 달리 방법이 없기 때문이
다. 내가 할 일은 그저 느긋하게 밤을 기다리는 것
뿐이기 때문이다. 드디어 그 밤이 되었다. 나는 주
변 사람들이 마치 먼지가 밤에는 보이지 않게 되는
것처럼 한 사람씩 밤으로 들어가 보이지 않게 된 것
을 발견했다. 6시 15분. 나는 어느 작은 레스토랑으
로 들어갔다. 바로 뒤이어 마쓰리도 들어왔다. 밥을
먹는다. "배고파." 그렇게 말하고 마쓰리는 소리를
내며 수프를 먹었다. 그녀는 포크와 나이프를 거칠
게 다루고 정신없이 이를 움직였다. 그녀는 내가 지
루할 틈 없이 이야기했고 그때만 씹기를 멈췄다. 나
는 줄곧 그녀를 보고 그녀의 이야기를 들으며 정신
없이 웃었다. 직원 한 명이 다가와 마쓰리가 음식을

흩트려놓은 접시를 치우려고 하자 그녀는 그에게 뭔가 장난스레 말하며 웃었다. 직원도 싱글벙글 웃으며 묘한 눈빛으로 그녀를 쳐다보았다. 나는 순간 불쾌해졌다. 예전에 친구 중 하나가 마쓰리를 근거 없이 헐뜯었던 말이 떠오를 정도였다. 친구는 말했다. 그 여자는 한 남자에 만족하지 못해, 멍청해, 저급한 농담만 할 줄 알지, 그 여자는 아무하고나 자, 그 여자가 같이 안 자는 건 아마 너랑 나밖에 없을 걸. 나는 직원이 자리를 비키기를 기다렸다가 조금 진지한 얼굴로 물었다.

"그 후로 기타는 만났어?"

"아니, 안 만날 거야."

"……"

"……"

대화는 그대로 연기가 되어 우리 머리 위로 피어 올랐다가 사라지기 직전이다. 놓쳐서는 안 된다.

"그 자식이 네 험담을 엄청나게 하더라."

"그랬구나."

"네가……"

"굳이 말 안 해도 돼. 다 알아, 나한테도 말했었어. 내가 못됐대. 자기를 무시한다고. 그런데 그 사람만 그러는 게 아니야. 다들 그렇게 말해. 난 그런 소리나 듣고 사는 나를 스스로 비웃고 있지."

한참 이야기하는 마쓰리의 내면에는 뭔가 낯선 것이 있었다. 그녀는 입을 다물었다. 그렇게 식사가 끝날 때까지 아무런 말도 하지 않았다. 가끔 여자들에게는 알 수 없는 뭔가가 있다. 그 느낌이 나를 유혹한다. 하지만 그 사람을 갖고 싶을 만큼 오래가지 않는다. 모든 것은 금방 명료해진다. 돋보기로 들여다보듯이 여자들의 마음이 잘 보인다. 마쓰리는 핸드백에서 작은 거울을 꺼내 들여다봤다. 나는 잘 안다. 저것은 화장을 고치기 위해서가 아니라 시간을 보기 위해서라는 것을. 마쓰리는 자기 얼굴이 시계라도 되는 듯, 얼굴을 보고 시간이 얼마나 지났는지 알아차리곤 했다. 우리는 레스토랑을 나왔다. 마쓰리는 갑자기 들뜬 모습이었다. 하지만 우리는 나란히 걷고 있어서 나는 그녀가 어떤 표정을 짓고 있는지 알 수가 없다. 그녀가 말했다.

"나 오늘 밤 여행 가."

"그래?"

"혼자 갈 거야."

"그렇구나."

"어디로 갈지는 아직 안 정했어. 근데 제일 먼저 고베에 가볼 거야. 일단 그 동네를 돌아다니면서 다음에 어디로 갈지 생각할 거야."

"그건 말하지 않는 게 좋을걸. 내가 나중에 쫓아갈지도 모르잖아."

"오고 싶으면 와도 돼."

마쓰리는 말이 끝나자마자 바로 택시를 불러 세워 올라타더니 내가 뒤따라 탈까 봐 무섭다는 듯이 문을 쿵 닫았다. 그리고 창문 너머로 내게 인사했다. 미소를 지었지만, 내 눈에는 그 미소가 악랄해 보이기도 하고 아주 멋쩍은 듯 보이기도 했다.

마쓰리, 널 잘 안다고 생각했는데!

나는 지금 너와 멀어질수록 너를 생각하며 걷고 있어. 밤과 거리, 밤의 거리. 나와 스쳐 지나가는 수

많은 여자. 그 여자들은 다 똑같이 생겼어. 적어도 내 눈에는 다 똑같아 보여. 하지만 너는 다른 여자들과 달라. 너에겐 뭔가 낯선 것이 있어. 네가 나를 사로잡는 건 가본 적 없는 지역의 식물이 여행자를 사로잡는 것과 비슷해. 여행자는 향기를 맡아보고, 자기 앞에 환상의 식물이 있음을 깨닫지. 그는 그것을 만져보려고 할 거야. 그러면 그 식물은 수평선처럼 멀어지지. 마쓰리! 너는 내 가까이에 있어. 그리고 너무나도 멀리 있지. 너는 지금쯤 기차를 탔을까? 유리창에 이마를 대고 내가 너를 떠올릴 거라고 생각할까? 아니면 이미 잠들어버렸을까? 아아, 나는 너를 사랑하는 걸까? 아니, 나는 결코 남자가 여자를 사랑하는 것처럼, 기타가 널 사랑하는 것처럼 널 사랑하지는 않아. 네가 날 사로잡는 건 네 안에 뭔가 낯선 것이 있기 때문이야. 나는 그게 뭔지 알고 싶어서 널 갖고 싶어. 네 매력에서 헤어나기 위해 널 갖고 싶어. 난 네 뒤를 쫓아 여행을 가고 싶은 걸까? 아니면 여행을 가고 싶어서 널 생각하는 걸까? 난 차마 그 질문에 대답할 수 없어. 차라리 네 생각을 하지 않는 게 나을지도 몰라. 널 생각하지 않고, 너 때문에 괴로워하는 기타를 생각하겠어. 그러고 보니 기타가 어디선가 날 기다리고 있을 것 같아. 기타를 찾아야 해. 그렇게 쓸데없는 기대를 품으며 골목마다 들어가 바 안을 몇 번 들여다봤는지 모른다.

나는 마침내 어느 바 안에서 친구 몇몇을 찾아냈다. 나는 안으로 들어갔다.

"혹시 기타 못 봤어?"

모두 무서운 표정으로 나를 돌아봤다.

한 명이 말을 꺼냈다.

"아직 못 들었어? 그 녀석 죽은 거?"

"죽었다고?"

"어젯밤에 자살했어."

나는 화석처럼 그 자리에서 굳어버렸다. 내가 그 자리에 앉아 있다고 생각했다. 나는 손에 들고 있던 모자를 떨어뜨렸다. 하지만 떨어뜨린 줄도 몰랐다. 그 와중에 내가 조금도 흐트러지지 않고 냉정함을 유지하고 있다는 사실이 이상하다. 시간이 조금 지나니 기타가 죽었다는 사실에 묘한 짜증이 일었다. 그것이 어떤 감정인지는 정확히 모르겠다. 아마도 기타는 죽을 필요가 없었는데 죽었고, 그저 자신의 고통을 주변 사람들(특히 나)에게 보여주기 위해 죽은 것이 아닌가 생각하는 나의 에고이즘에서 비롯된 듯싶었다.

"마쓰리 못 봤어?"

한 명이 내게 물었다. 나는 솔직하게 대답했다(이럴 때는 솔직히 대답할 수밖에 없다). 마쓰리와 야구장에서 만났다가 카페 릿쓰에서 다시 만났으며 그녀는 오늘 밤 여행을 간다고 했다고, 마쓰리는 아무래도 기타가 죽은 것을 알고 있었던 것 같지만 어째서인지 나에게는 말하지 않았다고. 이야기 도중에 나는 마쓰리가 갑자기 내 친구들의 호기심의 대상이 되었다는 사실을 눈치챘다. 그들은 그녀에게 큰 관심을 보였다. 그들은 마쓰리에 관한 토론을 벌였다. 말들이 날아다니다가 갑자기 추락했다. 그것은 어디로도 도달하지 못했다. 그동안 나는 끊임없이 '마쓰리'라는 이름이 갖가지 악센트로 발음되는 것을 가만히 듣고 있었다. 때로는 묵직하게, 때로는 가볍게, 때로는 슬프게 들렸다. 그들에게 마쓰리는 신비로운 존재다. 시간이 우리 위로 흘러갔다. 하지만 그런 상황을 약간 권태롭게 느끼는 건 아마도 나 혼자일 것이다. 내게는 이미 마쓰리도 평범한 여자에 지나지 않게 되었기 때문이다. 사람들은 놀라워하며 말했다. 그녀는 남자를 사랑하지 못한다고. 그 말이 내 친구를 절망으로 이끌었을 것이다. 그리고 마쓰리에게서 그를 떼어놓았을 것이다. 그가 마지막까지 마쓰리를 벗어나지 못한 이유는 그녀가 다른 여자들처럼 한 사람만 사랑할 것이라고 확신했기 때문이다. 과연 누구일까? 누군지는 알 수 없다. 알고 싶지도 않다. 더 이상 그녀를 원하지 않기 때문이다. 그녀 안에 있던 알 수 없던 것이 나에게도 다가와 있다. 바로 죽음의 그림자이다. 지금은 그녀가 아니라 죽음 그 자체가 나를 유혹하고 있다. 조심스레 나에게 다가오고 있다. 그리고 내 팔을 붙잡는다. 나를 일으킨다. 나를 그곳에서 끌어낸다. 나는 그것이 이끄는 대로 따른다. 나는 밤공기와 함께 뭔가 공기가 아닌 것을 들이마신다. 물을 마신 것처럼 상쾌하다. 하지만 그것은 점점 구토감을 유발한다. 나는 그것을 '공허'라고 불러야겠다고 생각한다. 그때였다. 한 여자가 다정한 미소를 짓고 내 옆을 스쳐 지나갔다…….

발치에 앉아 있던 개가 갑자기 일어나 달리기 시작했다. 그 바람에 나는 잠에서 깨어났다. 나는 개가 불길한 집 그림자 속으로 뛰어드는 것을 본다. 그러더니 다시 그림자 속에서 여자와 한 몸이 되어 나오는 것이 보인다. 아까 그 여자인지 아닌지 이제는 모르겠다. 하지만 나는 개가 하는 대로 기계적으로 그녀의 뒤를 쫓아 걸었다. 개는 내가 따라오는 것을 보고 가끔 나를 기다려주기라도 하듯 돌아보며 걸음을 멈췄다. 하지만 내가 다 쫓아가기도 전에 뭔가를 갑자기 떠올린 듯이 여자를 추월할 기세로 달려갔다. 여자는 개의 움직임은 물론이고 뒤를 쫓아오는 나에게도 무신경한 모습이다. 그녀는 그 누구도 자신을 볼 수 없다고 믿는 모양이다. 하지만 내게는 그녀가 보일 뿐만 아니라 그녀가 어떤 슬픔을 떨쳐내며 걷고 있다는 것까지 섬세하게 느껴졌다. 그렇게 나란히 걸으며 여자와 개, 그리고 나는 골목길을 몇 개나 꺾어 들어갔다. 모퉁이를 돌 때마다 점점 내가 모르는 캄캄한 동네로 빠져드는 것만 같았다. 모든 골목이 신비롭다. 어느 골목이든 그 안에 누군가가 나를 기다리고 있을 것 같은 기분이다. 그것이 강도일까, 사체일까? 아니면 나 자신일지도? 그런 골목 중 다른 어떤 곳보다도 음산해 보이는 곳으로 나의 모든 불안을 품고 여자와 개의 뒤를 쫓아 꺾어 들어갔을 때, 나는 걸음을 멈추고 말았다. 눈앞에 더는 여자와 개가 보이지 않았기 때문이다. 둘이 나보다 몇 초 먼저 모퉁이를 돌더니 흔적도 없이 사라져버렸기 때문이다. 나는 그곳에 멈춰 선 채로 한 발짝도 더 나아가지 않았다. 눈앞의 암흑이 바닥없는 구멍처럼 보였다. 나는 한참을 그곳에 가만히 서 있었다. 내가 이 도시의 어느 지점에 와 있는지는 알 수 없었다. 그저 죽음에 가장 근접한 곳에 있다는 것만 알 수 있었다. 어느새 바람이

다시 불기 시작했다. 전보다 조금 더 세게. 바람은
마치 연기처럼 나뭇가지에 걸리고 어디선가 종잇조
각을 날라 왔다. 음울한 음악을 듣고 있는 것 같다.
그 소리를 들으며 서서히 나의 슬픔이 만족하는 것
을 느낀다. 나는 죽은 친구를 위해 이렇게 하룻밤을
지새운 것일까? 피로와 졸음이 밀려와 당장에라도
쓰러질 것 같았지만 나는 자리를 떠나지 않고 계속
해서 골목 너머의 불길한 암흑 속을 응시했다. 마치
처음으로 밤이라는 것을 목도한 사람처럼.

얼굴

1933

顔

루이는 쉽게 얼굴이 붉어지곤 했다.

이런 체질이 너무 싫었지만 어쩔 수 없는 노릇이었다. 아무것도 아닌 일에도 '아, 또 벌게지는 것 같은데……' 싶을 때가 있다. 하지만 그때는 이미 늦다. 순식간에 그의 뺨은 장밋빛으로 물든다. 친구들은 그를 '흡수지'라는 별명으로 불렀다. 왜 이러는 걸까? 슬픈 일이었다. 얼굴만 벌게지는 것이 아니다. 머리카락도 문제였다! 뻣뻣하기가 이루 말할 수 없어서 빗질하기가 힘들 정도였다. 그래서 그는 항상 머리가 부스스했다. 항상 풀숲처럼 우거져 있었다.

이발소에서의 추억. 곱게 다림질해서 광택이 흐르는 새하얀 수건이 그의 얼굴을 덮었다. 숨을 쉬기 힘들 정도로 답답하고 손을 어디에 두어야 할지 몰랐다. 피가 머리로 쏠린다. '또 벌게지겠구나……'

생각이 들었을 때는 이미 얼굴이 흡수지처럼 변했을 시점이었다. 하지만 따뜻한 수건이 벌게진 얼굴을 가려주었다. 비누 거품이 시원해서 아주 기분 좋았다. 수염이 깎여나간 다음, 마지막으로 한 번 더 김이 나는 수건이 얼굴을 덮었다. 정신 사나운 이발사는 눈 깜짝할 새에 그의 얼굴에 그가 아닌 낯선 얼굴을 갖다 붙였다. 루이는 조금 혼란스러운 기분으로 이발소를 나섰다.

그즈음에 지냈던 기숙사를 생각하면 루이는 침실의 이상한 냄새와 결핵에 걸린 친구의 힘없는 기침 소리와 누군가의 털이 달라붙은 비누를 써야 하는 찝찝함만 떠올랐다.

기숙사에 들어간 지 얼마 안 되었을 무렵, 루이는 원반던지기 선수인 선배에게 매일같이 괴롭힘을 당했다. 그리고 같은 반 친구 중에 루이처럼 그 선배에게 당하기만 하는 소년이 한 명 더 있었다. 어느 밤, 루이는 그 창백하고 마른 소년과 함께 아무도 없는 운동장으로 도망쳤다. 두 사람 모두 겁에 질린

상태였다. 그 소년은 언제부터인지 루이의 손을 꼭 잡고 있었다.

소년은 가냘프게 계속 기침했다. 루이는 핏기라고는 조금도 없는 친구의 뺨이 그때만큼은 살짝 달아오르는 것을 어둠 속에서 가만히 지켜봤다. 루이는 소년의 새하얀 얼굴이 부러웠다.

루이는 그 친구가 자신을 좋아한다는 것을 알았다. 하지만 루이는 그저 그 소년이 되고 싶을 뿐이었다.

그는 교실에서 친구의 가느다란 목과 부드러운 머리카락 주변에 자신의 꿈을 엮었다.

여름방학이 시작되었다.

루이는 어머니와 함께 어느 해변으로 휴가를 떠났다. 같은 반 친구는 병에 걸렸다. 친구는 가끔 러브레터 같은 편지를 보냈다. 루이는 답장도 제대로 보내지 않았다. 그는 같은 숙소에 묵고 있으며 스포츠를 좋아하는 어느 남매에 푹 빠져 있었다. 남매는 햇볕에 한껏 타서 피부가 마치 나무껍질 같았다. 루이는 남자아이 같은 여동생의 관심을 받고 싶었다. 그래서 그녀의 오빠처럼 되려고 열심히 캐치볼 연습과 일광욕을 했다.

어느 날 해안가 커다란 우산 같은 소나무 아래에 그 동생이 삐쩍 마른 청년과 연인처럼 나란히 앉아 있는 것을 발견했을 때의 충격이란! 루이는 어머니에게서 웬만하면 그 청년과 가까이 지내지 말라고 주의를 받은 터였다. 아무래도 청년은 폐결핵에 걸린 모양이었다.

루이는 욕실의 김 서린 거울에 비친 자신의 모습을 가만히 바라봤다. 햇볕에 탄 얼굴은 벌겋지도 까무잡잡하지도 않았다. 그는 얼굴을 찡그렸다.

*

루이는 열아홉 살이 되었다. 이젠 여름방학이 되었다고 해서 시골에 가고 싶지는 않았다. 그는 한창 자라나는 자신의 육체를 일부러 더욱 괴롭혔다. 기침이 조금씩 나왔다. 어머니는 걱정하며 예전처럼 해안에 가서 쉬고 오자고 했다. 출발 전날 지진이 일어났다.

그 지진은 루이가 어린아이처럼 순수한 마음으로 쌓아 올린 꿈의 블록을 무너뜨렸다.

엄청난 혼란 속에 부모님을 놓치고 혼자가 된 루이는 망연자실한 채 낯선 사람들 뒤를 따라갔다. 그러던 중에 마찬가지로 어찌할 바 모르는 초라한 차림새의 소녀가 말을 걸었다. 그 소녀는 공장에서 일하고 있었는데, 도중에 벌어진 참사에 대해 두서없이 이야기했다. 저녁 무렵이 되자 어느 작은 마을에 도착했다. 마을 광장은 피난민과 식사 준비를 하는 마을 사람들로 넘쳐났다. 두 사람에게는 이 상황이 마치 소풍이라도 나온 듯 즐거웠다. 천막 아래에서 두 사람은 몸을 맞대고 누웠다. 밤 내내 루이는 잠들지 못했다. 루이는 자신에게 몸을 밀착하고 자는 척하는 소녀의 얼굴에 몇 번이고 입맞춤했다.

이튿날, 큰불이 잦아들었고 루이는 집으로 돌아가기로 했다. 루이는 지난밤에 있었던 일은 모르는 척하고 소녀와 헤어졌다. 불에 타고 흔적만 남은 집

터로 와보니 아버지가 아직 조금 남은 불씨 위로 흠뻑 젖은 셔츠를 말리고 있었다. 그 모습을 보니 루이는 웃음이 났다. 아버지는 피난 행렬을 쫓아가지 못하고 어젯밤 내내 강물에 잠겨 있었던 것이다. 하지만 어머니는 여전히 행방을 알 수 없었다. 저녁 무렵, 어머니는 강에서 익사체로 발견되었다.

루이는 어머니의 시신을 강에서 끌어내는 작업을 도왔다. 그러는 동안 루이의 얼굴은 태연했다. 밤이 되고 다시 천막 아래에서 잠을 이루지 못하며, 루이는 문득 어젯밤 뺨을 맞댔던 소녀를 떠올렸다. 그 기억은 아주 씁쓸했다. 루이의 얼굴엔 뭐라 말로 할 수 없는 표정이 떠올랐다.

그 소녀에 관한 기억은 루이의 마음속에 언제까지나 열병처럼 남았다. 루이는 가끔 누군가 쓰디쓴 해열제라도 먹인 것처럼 얼굴을 찌푸린 채 군데군데 고인 물웅덩이에 석유가 떠 있는 축축한 공장 동네를 걸어 다녔다. 그러다가 저녁이 되면 지쳐서 집에 돌아왔다.

루이는 대학에 들어갔다. 아버지는 외동아들이

문학을 한다는데 아무런 반대도 하지 않았다. 아버지는 소심한 아들을 믿어 의심치 않았기 때문이다.

그해 여름, 루이는 계속 어느 선배 시인에게 끌려다니다가 거뭇거뭇한 너도밤나무로 둘러싸인 호숫가 마을에 갔다. 푸른 호수가 얼마나 큰 잉크병으로 보였던지! 그 속에 펜을 꽂고 루이는 시를 공부했다. 하루는 선배 시인이 루이에게 같은 호텔에 머무는 어느 사업가의 딸을 소개해주었다. 두 사람이 갖가지 그림에 관해 이야기하는 동안, 그림을 잘 모르는 루이는 옆에서 지루해하며 가만히 듣고 있었다.

그러다 시인이 "이 친구 얼굴을 보고 있으면 루벤스 그림이 생각나지 않아?"라고 말하는 바람에 루이는 갑자기 얼굴이 화르르 달아올랐다. 본인이 루벤스 그림에 관해 너무 모르는 것이 창피해서 그런 거라고 생각했다.

너도밤나무가 있는 호숫가에서 돌아온 후, 루이는 바로 루벤스의 작은 화집을 샀다. 그중에서도 '밀짚모자'를 쓴 여자의 초상화를 보고 있자니 호숫가에서 만났던 소녀의 혈색 도는 얼굴이 생각났다. 웃을 때면 동그란 뺨에 예쁘게 주름이 지던 것까지 눈앞에 떠오르는 것만 같았다. 하지만 작은 화집은 곧바로 다른 책 밑에 깔리는 신세가 되었다. 어제까지만 해도 본인만의 것인 줄 알았던 장밋빛 뺨을 그 여자도 갖고 있다는 사실이 루이는 어쩐지 맘에 들지 않았다.

*

루이는 스물한 살이 되었다.

전보다 조금 더 살이 빠지고 조금 더 우수에 잠기곤 했다. 그즈음은 혼자 있는 것을 더 좋아했다. 그는 마치 텅 빈 상자 같았다. 마음에 드는 친구를 사귀기도 어려웠다. 소년 시절부터 루이가 좋아하는 친구라면 모두 그의 연인이나 다름없었기 때문이다. 이제 나이가 어리지도 않았고, 최근 몇 년 동안은 사랑할 만한 대상을 이성 중에서만 공허하게 찾아다녔기에 이제 와서 동성 연인을 얻기도 힘들었다.

그래도 이즈음 드디어 루이는 몇 명의 젊은 시인

과 가까워졌다. 젊은 시인들은 모두 가난했지만 유쾌하게 살았다. 사실 그들이 유쾌한 것은 그들이 가난했기 때문이었다. 하지만 루이는 그런 줄도 모르고 그들로 자신의 텅 빈 상자를 채우려 했다.

어느 밤, 친구들은 루이를 술집으로 데려갔다. 루이는 그들과 친해지고 싶었다. 그는 친구들의 뒤를 따라 난생처음 지하에 있는 술집으로 엉거주춤 내려갔다.

아가씨가 몇몇 있었다. 루이는 오렌지에이드를 마시면서 담배 연기가 스며들기라도 할까 봐 눈을 반쯤 감고, 아가씨들 가운데 마치 꽃줄기처럼 가느다란 목을 살짝 기울이고 서 있는 이를 골라 오로지 그쪽만 바라봤다.

그 아가씨는 가끔 경련을 일으키듯 웃었다. 그때마다 가녀린 목이 당장에라도 부러질 것만 같아서 가슴이 덜컥했다. 그녀의 웃음소리가 루이의 심장을 떨리게 했다.

집으로 돌아가는 버스 안에서 옆에 앉은 다카시라는 친구가 귓속말로 루이에게 농담을 던졌다. 루이는 빙긋 웃어 보였다. 마치 처음 보는 것처럼 다카시의 옆얼굴을 가만히 바라보았다(그때 다카시는 잠깐 셀룰로이드테 안경을 벗고 눈이 아픈 듯 눈두덩이를 손끝으로 누르고 있었다). 루이는 깜짝 놀랐다. 안경을 벗은 그의 옆얼굴이 옛날에 자신을 괴롭혔던 원반던지기 선수와 너무나 닮아 보였기 때문이다.

"또 못살게 굴려고……." 루이는 자신도 모르게 눈을 내리깔았다.

그날 밤, 루이는 몇 년 전 해안에서 그랬던 것처럼 거울에 비친 자신의 모습을 한없이 바라봤다. 그리고 그 모습을 다카시와 비교했다. 몇 년 전에 그렇게나 갖고 싶었던 병약한 얼굴이 되었음에도 오늘은 그때와는 전혀 다른 생각이 들었다. 이걸 어쩌지.

*

폭풍이 몰아칠 것만 같은 밤이었다. 루이는 먼저

집에 가려고 검은 우산을 들고 자리에서 일어섰다. 그때 비어 있는 손에 다카시가 몰래 작은 종이를 쥐여주었다. 그리고 뭔가 귓속말을 했다. 루이는 우스워서 참을 수가 없다는 듯이 그에게 눈짓하면서 지하 술집 밖으로 나갔다.

"다카시가 주래." 어두침침한 계단 중간에서 마주친 아가씨에게 말하며, 처음에는 실수로 우산을 내밀었다. 그러고는 곧 허둥대며 우산을 집어넣고 다른 손에 쥔 종이를 내밀었다.

아가씨는 그것을 건네받으면서 갑자기 경련하듯 웃었다…….

그런 일이 있었던지라 루이는 더 이상 친구들과 술집에 가도 재미가 없었다. 그래서 루이는 소설을 쓴다는 핑계를 댔다. 사실 작년 여름 호숫가에 갔던 일을 주제로 소설을 써보고 싶기도 했다. 그래서 그는 새카맣게 잊어버리고 있던 루벤스 화집을 다시 꺼냈다. 아무리 생각해도 소설 속 자신이 '밀짚모자'를 미친 듯이 사랑하는 양 써버릴 것 같았다.

그러면 안 되는데. 그것 때문에 루이는 좀처럼 펜을 들지 못했다…….

루이가 가지 않자 다카시와 친구들은 때때로 루이가 있는 곳으로 놀러 왔고, 더 이상 그를 술집으로 불러내지 않았다. 다만 그에게 빌릴 수 있는 만큼 돈을 빌렸다. 루이는 항상 아버지가 주는 적은 용돈으로 살았는데, 그래도 하룻밤 정도는 술집에서 놀 수 있는 금액이었다. 루이는 그 돈이 몹시 아까웠다. 자신이 인색해졌구나 싶었다.

그날도 루이는 언제나처럼 루벤스 화집을 계속 들여다보고 있었다. 그는 그림이 가득 실린 큰 화집을 갖고 싶었다. 그때 다카시가 홀연히 찾아왔다.

루이는 "또 왔군……" 하며 눈을 찌푸렸다.

그런데 살짝 흥분한 듯한 다카시는 그에게 종이와 펜을 달라고 할 뿐이었다. 그러더니 그는 루이를 밀어내고 책상을 차지하고 앉았다. 루이는 잠자코 자기 앞에서 거칠게 펜을 휘갈기는 다카시의 달아

오른 얼굴을 조심스레 들여다보았다. 다카시는 글을 쓸 때 버릇인 듯 안경을 썼다 벗기를 반복했다. 안경을 벗으면 원반던지기 선수가 되었다. 몇 번이고 원반던지기 선수가 되었다가 다시 다카시가 되었다. 그것이 어쩐지 루이를 두려워하게 했다.

"저기……" 다카시는 대충 종이를 봉하며 루이에게 말했다. "부탁이 하나 더 있는데……."

다카시가 쓴 것은 지하 술집의 아가씨에게 보내는 이별 편지였다. 그의 이야기를 듣자니, 가끔 그녀와 함께 외출했다고 한다. 어느 날 둘이 만나기로 하고 다카시는 하숙집에서 기다렸다. 그날이 되자 아가씨는 몇 번이나 전화를 걸었다. 금방 오겠다는 전화인가 했더니, 몇 분 후에는 도저히 못 가겠다고 말했다. 그러더니 다시 갈 수 있다고 했다. 끝내 아가씨는 오지 않았다. 다카시도 그런 패턴에 질려버린 모양이었다.

"부탁이야." 그는 편지를 루이에게 던졌다.

루이는 정말이지 도망치고 싶었다.

루이는 다카시가 부탁한 대로 다음 날 공원 분수 옆에서 아가씨가 오기를 애타게 기다렸다. 루이는 근처 돌계단 위에서 제자리걸음을 하거나 신발이 까질 정도로 세게 돌을 차기도 했다. 그러다가 두 손을 주머니에 꽂고 높다란 분수를 올려다봤는데, 그 얼굴에는 '지치지도 않는 모양이구나……' 하는 말이 쓰여 있는 것 같았다.

그러다 루이는 맞은편 잔디밭 한구석에 시선을 돌리고 눈을 감았다 뜨기를 반복했다. 눈을 감았다가 뜨면 훌쩍 아가씨가 잔디밭 위에 서 있을 것 같은 느낌이었다. ……그리고 그가 몇 번째인가 눈을 떴을 때, 정말 그의 시선에 분수와 함께 그녀의 모습이 들어왔다. 루이는 뛰어오를 듯한 기세로 그쪽으로 걸어갔다.

아가씨는 루이를 보자 조금 당황한 듯 미소 짓고 꽃줄기 같은 목을 살짝 기울이며 인사하더니 바로 그를 지나쳐 갔다. 루이는 당황했다. 그는 거의 무의식적으로 아가씨와 반대 방향으로 몇 걸음 움직였다. 하지만 바지 주머니에 손을 집어넣었다가 손에 잡힌 편지에 정신을 차리고 다시 방향을 돌렸다. 지그재그를 그리며 아가씨에게 다가가 뒤에서 꾸깃꾸깃해진 봉투를 손에 밀어 넣으려 했다.

편지는 루이의 손을 떠나 아가씨의 발치에 떨어졌다.

루이는 미처 눈치채지 못한 듯했다. 아가씨는 등을 보이며 빠른 걸음으로 걸어갔다.

"가엾게도……" 공원을 빠져나가다가 겨우 이성을 되찾은 듯 루이는 혼잣말했다. "나한테는 이런 역할만 시키고 말이야, 다카시 자식. 기어코 나를 못살게 하네……"

*

실제로 그때부터 루이는 미묘하게 평상심을 잃어갔다. 쓰다 만 '밀짚모자'도 내팽개쳤다. 그전에는 집에만 처박혀 있었는데 요새는 매일같이 외출을 해댔다. 그는 퀴퀴한 냄새가 나는 친구의 하숙집에도 편히 드나들었다. 이제는 본인이 먼저 다 같이 술집에 가자고 제안했다. 하지만 그 아가씨가 있는 술집만큼은 두 번 다시 가지 않았다. 모두에게 술을 사주면서 자신은 오렌지에이드만 마셨다.

그즈음 다카시가 너무 모습을 보이지 않아 이상하게 생각했는데, 그가 혼자 나쁜 장소에 드나든다는 것을 알았다. "가엾게도……." 누구에게 하는 말인지 루이는 중얼거렸다. 소문을 듣고 나서 루이는 이유는 알 수 없지만 자주 혼자서 고급 극장이나 레스토랑에 갔다.

토요일 밤, 루이는 혼자 어느 음악회에 갔다. 휴식 시간에 작년 호숫가에서 만났던 사업가의 딸을 본 것 같았다. 루이는 재빨리 다른 사람 뒤에 숨었다. 마치 죄인처럼 심장이 요동쳤다. 알고 보니 사람을 잘못 본 것이었다.

그날 밤 루이는 지하 술집에 감도는 듯한 어스름한 광선 속에서 누군지 알아볼 수 없는 여자가 등을 돌린 채 서 있는 꿈을 꿨다. 울고 있는 건가 싶어서 다가가려 하니, 마치 오목거울에 비친 모습처럼 가까이 갈수록 여자의 모습은 점점 작아졌다…….

다음 날, 루이는 뭔가 뒤숭숭한 마음으로 큰길로 나갔다. 일단 이발소에 갔다. 자신이 아닌 낯선 모습이 되어 나온 뒤, 그는 그제야 초여름 느낌이 나는 오후라는 사실을 깨달은 듯 주변을 둘러보았다. 그리고 갑자기 생각난 김에 그는 교외에 있는 선배 시인의 집을 방문했다.

"너도 머리카락이 어지간히 뻣뻣하구나…….." 시인은 루이의 짧은 머리를 바라보며 말했다.

루이는 당황한 손길로 여전히 자신과 어울리는 듯 어울리지 않는 향기가 나는 머리카락을 흐트러뜨렸다. 시인은 웃었다.

"나도 옛날에 머리가 참 뻣뻣했거든. 이젠 이렇게 숱이 적어졌지만……"

시인은 루이에게 올여름에도 호숫가에 가겠느냐고 물었다.

"네에……." 루이는 망설이면서도 고개를 끄덕였다. 몇 시간 후, 시인의 집을 나섰을 때 루이는 뭔가

찝찝해 보이는 얼굴이었다.

다음 날에도 루이는 뒤숭숭한 마음으로 집을 나섰다. 그러면서도 버릇대로 친구의 하숙집에서 계속 게으름을 피워댔다. 다카시가 나쁜 병에 걸렸느니 뭐니 하는 소문을, 듣고 싶지 않다는 얼굴로 듣고 있었다. 왜 이런 좋은 날씨에 이런 곳에 있어야 하나 생각했다. 저녁 무렵에 친구가 산책이나 가자고 하자, 루이는 너무나도 내키지 않는 표정으로 따라갔다.

이삼일 후, 루이는 아침 일찍부터 신경질적인 얼굴로 동네를 돌아다니다가 어느 안경점 쇼윈도 안을 물끄러미 들여다봤다. 그러다 자신이 서 있는 장소가 그 아가씨가 있는 술집 근처라는 것을 깨달았다. 어쩌다 여기까지 오게 되었는지 알 도리가 없었다.

"에라!" 루이는 욕이 목 끝까지 차오르는 것을 느끼며 지하 술집으로 내려갔다. '지금은 낮이니까 그 여자가 있을 리 없어……!' 자신을 타이르며 발을 움직였다.

"오렌지에이드."

루이는 눈앞에 다가온 직원을 제대로 쳐다보지도 않고 바로 주문했다. 직원은 그곳에 가만히 서 있었다. 귀가 안 들리나? 그는 슬쩍 눈을 치켜떴다. 그 아가씨였다…….

"오렌지에이드?" 아가씨는 가느다란 목을 기울여, 발그레한 뺨으로 미소 지으며 그의 주문을 앵무새처럼 따라 했다.

집에 돌아가는 길에 루이는 조금 전에 보았던 셀룰로이드테 안경을 사러 안경점에 갔다. 그때까지 쓰던 무테안경을 그것으로 바꿨다.

셀룰로이드테 안경이 그의 인상을 조금 바꿔놓은 것처럼 그의 마음도 바꿔놓은 것일까? 그때부터 루이가 얼마나 변했던지! 마치 뭔가가 루이의 부스스한 머리카락을 꽉 움켜쥐고 그가 싫어하든 말든 제멋대로 끌고 다니는 것만 같았다.

매일같이 그는 혼자서 은밀히 그 지하 술집에 갔

다. 그것도 손님이 별로 없는, 본격적인 밤이 되기 직전의 어둑어둑해질 무렵에! 그리고 오렌지에이드! 루이가 할 수 있는 방탕이란 고작 이런 것이었다.

어느 날 루이는 평소보다 오래 그 아가씨와 이야기를 나누었다. 다음 날 루이는 외곽으로 이어지는 질퍽거리는 길을 한껏 찌푸린 얼굴로 걸었다. 아무리 찾아봐도 다카시가 사는 하숙은 찾을 수 없었다. 친구가 그려준 지도가 틀린 모양이었다. 그날은 밤늦은 시간에 지하 술집에 모습을 드러냈다. 그리고 그동안 마셔본 적도 없는 위스키에 탄산수를 섞어 (다카시가 매번 그렇게 마셨던 것을 떠올리며) 단숨에 들이켰다. 취기가 오르자 그의 얼굴은 조금 푸른빛을 띠었다.

그즈음 루이는 본인이 무슨 짓을 하고 다니는지 자각하지 못하는 듯했다. 만일 누군가가 그 아가씨를 사랑하느냐고 대놓고 물었다면, 그는 경악했을지도 모른다.

우리는 마음대로 넥타이를 고르고 매었다가 풀었다가 하는 줄 알지만, 사실 넥타이는 전에 매었던 방법으로 매어주기를 바라는 마음을 품고 있을 수도 있다. 그것이 알게 모르게 우리의 기분에 영향을 미칠 수도 있다. 적어도 루이는 영향을 받는 편이었다. 그의 모든 것이 엉망진창이었다.

그러한 이루 말할 수 없는 혼란은 다카시와 멀리 떨어져 있을수록 루이의 내면에서 더욱 복잡해졌다. 그래서 루이는 다카시를 만날 때만큼은 미약하게나마 자아를 되찾은 것처럼 보였다.

어느 날 그는 버스 안에서 다카시를 만났다. 다카시는 가만히 루이를 바라봤다.

"안경 바꿨구나? 누군가 했네……."

루이는 예전처럼 얼굴을 붉혔다. 드디어 본연의 모습으로 돌아왔다.

걸으면서 루이는 조심스레 며칠 전 그의 하숙집

을 찾아 헤맸다고 이야기했다. 하지만 그때 아가씨를 위해서 어떻게든 다카시를 찾아 끌고 갈 생각이었다는 것은 끝까지 말하지 못했다.

두 사람은 어느 술집에 들어갔다. 다카시가 탄산수를 섞은 위스키를 마시는 것을 보면서 루이는 예전처럼 붉어진 얼굴로 오렌지에이드를 마셨다.

점점 멀어지는 다카시의 뒷모습에 루이는 다시금 정신이 멍해지는 것을 느끼며 정류장에서 슬프게 아가씨가 오기를 기다렸다.

어느 해 질 무렵, 루이는 언제나처럼 또 아가씨를 기다렸다.

10분이 지났다. 20분이 지났다. 정류장에 있는 커다란 시계의 바늘이 두 마리 파리처럼 움직였다. 날이 저물수록 잘 보이지 않는다. 끝내 해가 지고 말았다. 하지만 그 아가씨의 모습은 아직도 보이지 않는다.

루이는 실망한 듯 술집이 있는 거리 쪽으로 걸었다. 잠시 후 지하 술집 입구에 이르자, 그는 안으로 빨려들듯 들어가 기다렸다. 몇 분 후, 그는 더욱 실망한 표정으로 밖에 나왔다.

루이는 택시를 불러 세웠다. 그리고 그날 밤 아가씨와 함께 가기로 약속한 작은 극장으로 갔다. 어느새 밤이 되었다. 그는 그림자가 된 어두운 벽에 바짝 몸을 붙이고 극장으로 들어가는 사람들을 한없이 바라봤다. 그의 위치에서는 사람들이 역광으로 보였다. 형체가 분명하지 않은 검은 것들이 아스팔트 위를 소리 없이 지나 눈부시게 빛나는 극장 앞까지 오면 잘 차려입은 사람들의 모습으로 비쳤다. 마치 요정들이 극장 앞으로 모여들었다가 평범한 사람 모습으로 변장하는 듯한 느낌이었다. 루이는 등골이 오싹해졌다.

하지만 그는 조용히 마지막 한 사람까지 지켜봤다. 끝내 그의 눈에 눈물이 차올랐다. 너무 눈에 힘을 주고 밝은 곳을 노려본 탓이라고 생각했다.

몇 시간 후, 그는 예전에 아가씨와 약속 장소로 삼았던 모든 정류장을 헛되이 찾아다니다가 혼잡한 사람들 틈에서 뭔가에 홀린 듯한 눈을 하고 걸었다. 루이는 스쳐 지나가는 사람들의 얼굴을 하나하나 들여다봤지만, 누구도 그의 눈에 비치지 않는 듯했다. 비가 조금 내리기 시작했다. 그는 모자를 깊이 눌러썼다. 계속 안경에 김이 서렸다. 그는 그런 줄도 모르는 모양이었다. 그때 어느 남자와 세게 부딪쳤다. 다카시였다. 루이는 말도 꺼내지 못할 만큼 애처로운 눈빛으로 다카시를 바라보면서 물었다.

"어디 갔던 거야?"

"여기……" 다카시는 아직 선명하게 붉은 잉크가 묻어 있는 손을 내밀어 보였다.

피투성이 손이 완벽한 알리바이였다. 그는 직전까지 인쇄소에서 교정 일을 도왔던 것이다.

그날 밤, 루이가 여기저기 정류장을 뛰어 돌아다니다가 문득 품었던 의심, 그때부터 미친 듯이 그를 괴롭혔던 의심이 단번에 사라졌다. 그것은 오늘 밤 어디선가 다카시가 아가씨를 만나 그대로 그녀를 끌고 간 것은 아닐까 하는 밑도 끝도 없는 망상이었다. 루이는 아가씨를 만나지 못했다는 사실은 까맣게 잊어버린 사람처럼 쾌활해졌다.

두 사람은 여느 밤처럼 낯선 술집에 들어섰다. 루이도 다카시를 따라 위스키를 마셨다. 그는 오렌지 에이드와 뺨의 홍조를 완벽히 잊어버렸다. 그만큼 그의 마음속은 혼란을 겪고 있었다.

술집을 나와서도 루이는 다카시와 헤어지고 싶지 않았다. 밤이 깊어진 거리를 걸으며 루이는 매달리듯이 다카시의 어깨에 손을 얹었다. 그리고 다카시를 가끔 아가씨와 같은 눈빛으로 올려다보았다.

루이는 언제부터인지 본인의 마음을 아가씨의 마음과 혼동하고 있는 것 같았다.

다음 날 아가씨를 만났을 때, 루이는 이제 어젯밤 일 따위 전혀 개의치 않는다는 태도를 보였다. 그러자 아가씨는 어젯밤 약속 장소에 갔는데, 30분 정도밖에 늦지 않았는데도 루이가 없어서 장소를 착각했나 하고 다른 정류장에 가서 계속 기다렸다고 했다. 그제야 루이는 마침 그 시각에 자신이 화장실에 갔던 것을 기억해냈다.

자기 분석을 하지 않는 루이는 그러한 마음속 혼
란을 그대로 내버려두었기에 혼란은 점점 커져만
갈 뿐이었다.

여름이 되었다. 루이는 아가씨에게 온천에 가자
고 했다. 그녀는 승낙했다. 다만 친한 친구를 한 명
데려가겠다는 조건을 걸었다.

그 작은 여행 중에 루이는 이 못된 아가씨에게 어
떻게 복수할지 은밀히 생각했다. 온천에 도착하자
그녀는 유난히 들뜬 모습이었다. 어느 계곡을 셋이
함께 걸었을 때도 혼자서 척척 길도 없는 숲속을 헤
치고 들어가서는 그 안쪽에서 반짝거리며 흐르는
계곡물에 손을 담그려 했다. 나중에는 우거진 풀숲
과 나뭇잎이 아가씨의 모습을 완전히 숨겨버렸다.
너무 보이지 않는 통에 루이는 절벽 위에서 큰 소리
로 그녀의 이름을 불렀다. 대답이 없었다. 루이가
겁이 난 듯 절벽 아래를 슬쩍 내려다봤다. 함께 온
친구도 같이 보려고 얼굴을 슬쩍 루이의 얼굴 쪽으

로 들이밀었다. 뺨의 향기가 느껴졌다. 루이는 무의
식적으로 그 친구의 어깨를 거칠게 잡아당겨 입을
맞췄다.

잠시 후 길이 없는 풀숲을 헤치고 아가씨가 나타
났다. 얼굴이 새파랗게 질려 있었다. 호흡도 매우
거칠었다. 루이와 친구 옆에 있는 벤치로 오더니 비
틀거리며 쓰러졌다.

루이가 놀라서 다가갔더니 "아무것도 아니에
요……" 하고 아가씨는 눈을 감았다.

돌아가는 기차 안에서 세 사람은 어색한 침묵을
이어갔다.

루이는 조금 전 아무런 감흥도 없던 입맞춤을 떠
올리는 것 같았다. '입맞춤이란 겨우 그런 것인가?'
라고 말하고 싶은 얼굴이었다. 그 상대가 조금도 사
랑하지 않는 사람이기 때문이라는 것을 몰랐다. 어
느샌가 루이는 과거의 유일한 입맞춤, 지진이 일어
나 어수선한 와중에 작고 볼품없는 소녀에게 했던,
뒷맛이 매우 씁쓸했던 입맞춤을 떠올리고 있었다.

그때 루이는 문득 조금 전 입을 맞춘 순간 마음 상태가 매우 이상했다는 사실을 깨달았다. 지진 때 느꼈던 이상한 마음과 너무나도 비슷했기 때문이다. 그 일을 계기로 루이는 드디어 자신의 마음속에 찔레나무처럼 얽히고설킨 혼란스러움을 발견할 수 있었다.

*

여름도 절반이 지나가고 있었다.

어느 날, 호숫가에서 지내는 시인이 루이에게 빨리 오라는 편지를 보냈다. 루이는 즉시 호숫가로 가기로 마음먹었다.

거뭇거뭇한 너도밤나무에 둘러싸인 호텔에서 루이는 다시 사업가의 부인과 딸을 만났다. 일 년 사이에 루이는 너무나도 안색이 나빠졌고, 반대로 딸은 쓸데없이 장밋빛으로 빛나고 있었다. 그 차이가 오히려 루이의 마음을 끌어당겼다. 이번에는 두 사람이 이야기를 나누고 산책할 기회가 종종 있었다.

평소에 주의하려 하는데도 루이는 무의식중에 주점 아가씨들을 대하듯이 숙녀에게 거친 동작과 말투를 썼다. 그때마다 그의 혈색이 좋지 못한 얼굴은 눈에 띄지 않을 정도로 희미하게 불그스름해졌다.

이 주일 정도 머물면서 루이는 아가씨에게 엽서를 딱 한 번밖에 쓰지 않았다.

어느 아름다운 날에 그들은 다 같이 자동차로 호수 주변을 드라이브했다. 루이는 조수석에 앉고 싶었다. 도중에 자동차에 펑크가 났다. 시인과 모녀가 멀리서 카메라를 만지작거리는 모습을 뒤돌아보면서 루이는 머리가 까치집이 되도록 열심히 운전기사를 도왔다. 자동차 고장 탓에 날이 저물어서야 힘겹게 호텔에 돌아왔을 때, 루이는 일생 중에서 가장 행복해 보였다.

다음 날 아침, 사업가 가족 일행은 루이가 늦잠을 자는 사이에 호숫가를 떠났다.

그렇게 떠나다니, 루이에게 너무나도 갑작스럽게 느껴졌다. 루이는 어쩐지 자기 탓인 것만 같았다. 그래서 더더욱 슬퍼 보였다. 이미 한참 전에 여름이 끝나버렸다는 사실은 깨닫지도 못했다…….

옮긴이의 말

삶, 죽음, 그리고 사랑
— 호리 다쓰오에 대하여

제목에도 붙였지만, 호리 다쓰오의 문학은 '삶과 죽음과 사랑의 문학'으로 정의된다. 그만큼 이 주제들을 고민하고, 자신의 소설에 포개었다.

호리는 일본 근대소설을 지배했던 '사소설'이라는 영역을 벗어나 말 그대로 '이야기'를 짓는 '소설'의 영역에 들어섰다고 평가받는다. 물론 소설을 쓰는 주체가 사람인 만큼 오로지 상상력만으로 이야기를 짓기란 어려운 일이다. 호리 역시 '삶과 죽음과 사랑'이라는 개인적 경험을 문학에 투영했다.

1904년 호리는 아버지의 두 번째 부인인 어머니에게서 태어났다. 호리는 적자로 인정받았지만, 첫 번째 부인이 있는 상황에서 아들과 떨어질 수 없었던 어머니는 1906년 호리를 데리고 집을 떠났다. 어머니는 2년 후 재혼했으나, 1910년 호리의 아버지가 사망하자 받게 된 연금을 아들의 교육을 위해 사용

했다. 돈독한 모자지간이었으리라 추측할 수 있다.

　호리가 고등학교에서 보낸 마지막 해인 1923년
은 여러모로 큰 영향을 끼친 해였다. 호리 소설의
배경으로 자주 등장하는 '가루이자와'를 알았고,
문학의 동반자이자 스승 아쿠타가와 류노스케芥川
龍之介를 만났다. 같은 해 9월 1일에는 간토関東대지
진이 발생했다. 호리는 구사일생으로 살아남았지
만, 어머니는 강물에 빠져 살아 돌아오지 못했다.
호리가 겪은 첫 죽음이었다.

　이러한 일련의 사건은 모두 호리 문학의 바탕으
로 자리 잡았다. 「얼굴」에서 루이가 어머니의 시신
을 찾아 헤매는 장면은 실제로 호리가 어머니를 찾
기 위해 며칠간 강물을 헤맨 일을 떠올리게 한다. 어
머니를 잃은 충격과 수색의 피로로 호리는 늑막염
에 걸렸고, 이후 흉부 질환이 평생 그를 괴롭혔다.

　어머니를 잃은 슬픔과 심신의 허약을 호리는 독
서, 글쓰기, 문인들과의 교류, 가루이자와를 통해 이
겨냈다. 교내 잡지에 투고한 「쾌적주의快適主義」라는

에세이에서 그는 고통으로 가득한 인생을 어떻게 하면 쾌적하게 보낼 수 있을지 문제를 제기하며 하나의 해답을 제시한다. 빨간색을 고통, 흰색을 쾌적함으로 표현한 호리는 "우선 빨간색 부분은 명확하게 빨간색이라고 인정한다. 그리고 나는 흰색 물감을 가지고 와서 그 빨간색 부분을 하얗게 칠한다"라며 고통을 피하지 않고 즐기겠다는 결의를 드러냈다.

1924년과 1925년, 호리는 두 번에 걸쳐 아쿠타가와 류노스케와 가루이자와 여행을 떠났다. 1925년에는 대학에 진학해 나카노 시게하루中野重治(소설가, 시인), 고바야시 히데오小林秀雄(문예평론가) 등과 교류했다. 그리고 소설을 썼다.

1927년 7월의 어느 날, 아쿠타가와 류노스케가 자살한다. 그를 스승처럼 따랐던 호리가 받았을 충격은 두말할 나위가 없다. 이후 1929년 호리는 졸업 논문으로 「아쿠타가와 류노스케론芥川龍之介論」을 제출한다. "저에게 아쿠타가와 류노스케를 논하는 일은 매우 어려운 일입니다. 그가 제 안에 뿌리를 내렸기 때문입니다"라는 서문이 그가 겪었던 고통의 시간을 조금이나마 짐작하게 한다. 뿌리가 잘린 듯한 고통 속에서 호리는 다음과 같이 답을 내렸다.

> 아쿠타가와 류노스케는 제 눈을 '죽은 자의 눈을 감겨주듯이' 조용히 뜨게 해 주었습니다.

이 문장은 호리가 평생에 걸쳐 천착한 '삶과 죽음'에 관한 통찰의 시작이라고 할 수 있다. 어머니의 죽음이라는 충격을 이겨내려고 노력했던 호리는 아쿠타가와의 죽음 앞에서 죽음을 정면으로 마주 보았다. 삶의 눈으로 죽음을 바라보기, 그 과정은 불안으로 가득했지만 동시에 그것이야말로 '살아있다'는 증명이었다.

아쿠타가와를 논하며 자신을 냉정하게 되돌아본 호리는 아쿠타가와의 죽음을 모티브 삼은 소설 『성가족聖家族』(1930)을 발표했다. 소설은 평단으로부터 좋은 평가를 받았지만, 탈고 이후 각혈을 일으켜 요양 생활을 피할 수 없었다.

호리에게 가루이자와라는 장소는 떼려야 뗄 수 없는 곳이다. 그 시절에도 이미 유명한 휴양지였던 가루이자와로 호리는 요양을 떠난다. 수려한 자연 경관을 자랑하는 그곳에서 호리는 야노 아야코矢野 綾子라는 여성을 만나 사랑에 빠진다. 그러나 가루이자와에 있다는 것은 그녀 역시 요양차 왔다는 의미. 두 사람은 함께 병원에 입원했고, 아야코는 그를 두고 먼저 세상을 떠난다.

어머니와 스승은 갑작스럽게 떠났지만, 죽음을 향해 천천히 걸어간 아야코와의 이별은 달랐다. 호리는 소중한 하루하루를 함께하며 죽음 너머의 삶, 운명 바깥의 삶을 확신하게 해주는 사랑의 힘을 1937년에 발표한 대표작 『바람이 분다風立ちぬ』에 그려냈다.

어머니, 스승, 연인…… 사랑하는 사람의 죽음을 계속해서 지켜본 호리에게 죽음은 늘 곁에 두어야 하는 존재였다. 역설적으로 호리는 그러한 비극에서 강렬한 생명력을 느꼈다. 호리가 시대의 유행이나 사조에 휩쓸리지 않고 구축한 고유의 문학 세계는 한 인간이 겪기에는 매우 가혹했을 죽음과의 대면이 있었기에 가능했다.

죽음을 경험한 사람과 그렇지 않은 사람이 호리 다쓰오의 작품을 읽고 느끼는 감정은 명백히 다를 것이다. 두렵고 피해야 하는 개념이 아닌, 조금은 가벼운 마음으로 어둠을 정면에서 바라보고(「잠든 사람」), 나이 듦(죽음)과 젊음(삶)이 늘 공존한다는 것을 깨우치는(「늦여름」) 태도. 호리 다쓰오의 문장이 우리에게 건네고 싶은 메시지는 바로 여기에 있지 않을까.

참고

위키피디아 일본 '호리 다쓰오'

무라타 나호미村田奈保美, 「호리 다쓰오의 삶과 죽음의 의식
에 관해堀辰雄の生と死の意識について」, 『국문연구国文研究 15』,
25-32, 1969.

구보 에미久保恵美, 「호리 다쓰오의 문학관 ―그 확립까지를
돌아보다堀辰雄の文学観―その確率までをたどる」, 『국문연구 38』,
103-117, 1993. 3.

작가 연보

———

호리 다쓰오

1904년(1세) 12월 도쿄東京에서 아버지 하마노스케浜之助와 두 번째 아내였던 어머니 시계志氣 사이에서 출생.

1906년(3세) 아버지와 어머니가 헤어지고 어머니와 함께 살게 된다.

1908년(5세) 어머니 시게가 가미조 마쓰요시上條松吉와 재혼한다. 호리는 가미조를 친아버지처럼 따르며 자랐다.

1921년(18세) 4월 제일第一고등학교에 입학하며 처음으로 부모 곁을 떠나 기숙사 생활을 한다. 수학자를 꿈꾸던 호리는 평생지기가 될 진자이 기요시神西清를 만나고 그의 영향으로 문학의 길에 들어서게 된다.

1923년(20세) 9월, 간토대지진 발생. 호리는 구사일생으로 목숨을 건졌지만, 어머니를 잃고 만다. 충격과 피로로 인해 그해 겨울 늑막염을 앓고 휴학한다. 친구 무로 사이세室生犀星가 지진 이후 고향으로 돌아가며 호리에게 아쿠타가와 류노스케를 소개한다. 1923년의 여러 경험이 훗날 호리 문학의 근원으로 자리 잡는다.

1925년(22세) 4월 도쿄대학 문학부에 입학하고 문인들과 활

발히 교류했다. 7월부터 9월까지 가루이자와에 머물며 아쿠
타가와 류노스케와 함께 여행했다.

1927년(24세) 2월 데뷔작 「루벤스의 위화ルウベンスの偽画」 초고
를 동인지 『야마마유山繭』에 발표. 7월 아쿠타가와 류노스케
의 자살로 큰 충격을 받는다. 절망에 빠진 상황에서 9월부터
『아쿠타가와 전집』 편찬에 나섰다.

1930년(27세) 7월 첫 작품집 『서투른 천사不器用な天使』를 발
표. 이 시기에 가와바타 야스나리川端康成와 친교를 쌓았다.
7월과 8월에도 가루이자와에서 머물렀고, 11월에는 아쿠타
가와의 죽음을 모티브 삼아 쓴 『성가족』을 발표해 호평받았
다. 탈고 이후 각혈을 일으켜 요양 생활에 돌입했고 마르셀
프루스트의 작품 등을 탐독했다.

1933년(30세) 6월부터 9월까지 가루이자와에서 머물며 작
품을 집필. 7월에 야노 아야코라는 여성을 만난다. 가루이
자와에서의 체험을 담은 『아름다운 마을美しい村』을 발표.

1934년(31세) 5월 라이너 마리아 릴케의 작품에 빠진다. 9월
아야코와 약혼.

1935년(32세) 7월 원래 폐가 약했던 아야코와 함께 입원. 12월 병세가 악화된 아야코가 사망한다. 이때의 체험을 1936년에서 1937년까지 대표작인 『바람이 분다』로 완성한다.

1938년(35세) 4월 알고 지내던 가토 다에加藤多惠와 결혼. 가루이자와에 별장을 빌려 신혼생활을 한다.

1941년(38세) 1월 장편소설 『나오코菜穗子』를 발표, 제1회 중앙공론사 문예상을 수상한다.

1944년(41세) 활발히 작품 활동을 하다가 다시 각혈.

1945년(42세) 요양에 전념하면서 일본의 고전에 관심을 갖고 새로운 창작 의욕을 불태운다.

1950년(47세) 직접 선정한 『호리 다쓰오 작품집』이 제4회 마이니치출판문화상 수상.

1953년(50세) 5월 병세가 악화되어 28일 오전 사망.

1954년 3월부터 1957년 5월에 걸쳐 진자이 기요시와 제자들의 노력으로 7권에 달하는 『호리 다쓰오 전집』이 간행되었다. 진자이가 사망한 후로는 가와바타 야스나리의 노력으로 서간까지 포함한 총 10권의 전집이 간행되었다. 아내인 다에도 '호리 다에코'라는 이름으로 호리에 관한 많은 수필을 남겼다.

늦여름

초판 1쇄 발행 2024년 8월 31일

지은이 호리 다쓰오
옮긴이 안민회
펴낸이 윤동희
펴낸곳 북노마드

편집 안강휘
디자인 석윤이
제작 교보피앤비

출판등록 2011년 12월 28일
등록번호 제406-2011-000152호
문의 booknomad@naver.com

ISBN 979-11-86561-90-4 04830
      979-11-86561-56-0 (세트)

www.booknomad.co.kr

북노마드